岡部伊都子作品選　美と巡礼

かなしむ言葉

藤原書店

神戸本山の自宅書斎にて（1963 年頃）

兵庫・青谷 馬頭観音にて（1965年頃）

ビュッフェ展にて（1963年頃）

かなしむ言葉　もくじ

題　字・篠田瀞花
カバー写真・井上隆雄

かなしむ言葉

雲根火雄男志等

うねびををしと…………………………『万葉集』天智天皇

■山に託して

みわたすかぎりやわらかなぐれいの雲の波のつづくなかに、ほっかり、ほっかり、うかびあがる山のいただき。太陽が光を射はじめると、雲はまるで全身に鉱物を含んでいるかのように、紅《くれない》に紫にきらめきたつ。山上で朝を迎えるたびに、大地が雲のようにうごめき、峰は親しい人めいて心によりそう。

私は大和国原《やまとくにはら》を歩いていて、ふと、まろい可愛い三山をみるといつも、三山といっしょに雲の上にうかんでいるような気がしてくる。なつかしさに、声をかけ、肩を抱きたい衝動にかられるのだ。

「あれが耳成山《みみなしやま》、むこうが香具山《かぐやま》、こちらが畝傍山《うねびやま》……」

これまでいったいどれほど多くの人間たちが、思わずもやさしい目になって、小さな山やまを見守ったことだろう。平野の中に、ぼこぼこと頭をだしている、もの言いたげの山に託して、自分の心を語ってきたことだろう。擬人化されるのが当然なほどに、人間感情に近い愛くるしい山やまなのである。

千三百年の昔、天智天皇はこの三つの山が生きて動くなま身の人間であるかのような、みずみずしい歌をつくった。

今は人間の数が多く、人に対してものを言うことに疲れて山にむかう傾向が多いが、そのころはなんといっても、もっともっと山は親しい仲間だったのにちがいない。建物も少なく、交通の便も少なく、しかし、そのころの人びとの方が、ずっと広い範囲を自分の足で走りまわり、心で味わって暮したことが羨ましい。雲の切れ間から金色の光がさしこむのも、なるほど金鵄《きんし》の光と思われる自然さ。照り、かげり、雨、風はそのまま、神つ意志であったのだ。

その大きな庭の中の築山《つきやま》にも似た三つの山は、千年を経てどのようにか相貌をかえているることだろう。いまの私たちの相見る山やまと、古人が朝夕、いとしみ暮した山やまとは、ちがっているのかもしれないが、恋に心をかきむしられる人びとの目には、今も昔とかわりなく、身内のような親しさがあふれてくるのではなかろうか。

高山波《かぐやまは》　雲根火雄男志等《うねびををしと》
耳梨与《みみなしと》　相諍競伎《あいあらそひき》
神代従《かみよより》　如此尓有良之《かくなるらし》
古昔母《いにしへも》　然尓有許曽《しかなれこそ》
虚蟬毛《うつせみも》　嬬乎《つまを》
相挌良思吉《あらそふらしき》

（万葉集巻第一の十三）

反歌
高山与《かぐやまと》　耳梨山与《みみなしやまと》
相之時《あひしとき》　立見尓来之《たちてみにこし》
伊奈美国波良《いなみくにはら》

（万葉集巻第一の十四）

万葉集以来、相聞は歌の大部分をしめているが、堂々と愛の三角形を叙事的にうたいあげた歌は、あまり数はないだろう。どうしても、自分の感情の訴えにはしって、同じ形に置かれた苦しみでも、単なる愛ゆえの、恋ゆえの切なさとなりやすいのだろう。

天智天皇は、才気情感ともに豊かな額田王《ぬかたのおおきみ》を大海人皇子《おおあまのおうじ》（天武天皇）から奪うことに成功して、勝利の余裕をみせていたからこそ、このおおらかな調べの歌をつくることが可能だったのか。

おびただしい学者の諸解釈はそのままに、それぞれ身につまされるのは、自分の置かれた立場にひきくらべ、なぞらえての解釈であろう。同じ、愛情の三つの線をひこうとしても、三つを何性にわけ、想定するか、それのA、B、Cに、どのような線をひくかによって、たいへんちがった関係のものになる。それに、その個点からさらに、ちがった方向への線がはじまっていたりすると、いよいよ複雑である。

よくあるのは、ひとりの男性を中心にふたりの女性。

■血の相剋

私の父は、子どもの前ではいつも威厳を保ってしゃんとしている男であったが、なかなかの女ごのみであったらしい。母は気の毒な女性と知り合うたびに「うちへいらっしゃい」というてあげたいのはやまやまやけどな、なんせ、お父さんが色ごのみやさかいに」と警戒していたという。

母は心の底から純情で、男性に貞潔を求めていた。他に何をもむさぼらぬが、夫の貞潔だけはのぞむという母が、結婚してすぐ知らされたのは、父の女遊びだった。失望と悲哀がどんなに大きく、父を許し切れぬ思いがつきまとったかは、よくわかるような気がする。その反面、いったん、嫁したからにはその家を起す良き嫁でなくてはならぬとする従来の婦道教育を、しっかり叩きこまれていたから、自分の心をおさえて、ひたすら夫大切にと過していた。

私たち子どもは、母からいやしい想像でうたがわれたことがなかった。それは人間の真理をついていない点で、かならずしもいいことではなかったかもしれないが、父が何かというとあらぬ不審をおこしていたのにくらべると、母はそういう疑いで子どもをみる考えもおこらぬらしかった。

「あんなに父の女性関係で苦しんでいたひとなのに、単純に子どもを信じるなんてふしぎね」

と、よく姉妹で話し合ったものだ。自分の血をうけた子は、母と同じ純潔へのあこがれに一生を貫くという大安心をもっていたのだろう。

まったく母の血も濃く受けたが、父の血も熱く濃かった。そのために両極端の血の相剋。私は父母の本質的な争いを身の内に持ってうまれてきてしまった。激しく愛を感じるくせに、純粋を求めてそれをみずから破いてしまう。いまは自他の不純に疲れ果てて、バラバラに分裂した心の残骸を呆れ眺めるばかりである。

母は父の女関係を、せんさくしようとしないことによって、心をつとめて明るくしていた。出入りの人が何か忠義だてに耳に入れようとすると「そんなこと聞かさんとおいて。男の人やもの、ひとりやふたりのお遊びはありますやろかいな」と、叫ぶようにおしとめていたそうだ。

ところが、末っ子であるはずの私の下に、五人もの弟妹がうまれていた。長い間、そのことを知ろうとせぬ母の姿勢を守ってきて、私たちも知らなかったのだ。さて、父より十年おそく、母が亡くなってから、私は自分に五人の異母弟妹があることを知って、びっくりしてしまった。

それがみんな、よくまあこんなに、素直な良さに育ててこられたものだと、その母なる人に感謝しないではいられないくらい、いいひとたちなのである。父の愛人であった女性は父の不徳、虚偽の陰の生活を強いられてきたわけだが、よほど気性のなごやかな、つつましいひとだったのであろう、父を大切に大切にとつとめて、五人もの子を、へんにひがまず、逆に思い上がりもしない、素直なひとに仕立てられたのだ。

私など、いわゆる本妻の子らの方が、根性も弱く、ずるく、いやしい。可哀そうに、同じ男性を父にしていながら、私たちだけが大っぴらに父とよんでいたのである。けれど、父の愛情、ふびんは「本妻の子は恵まれている」といって、日陰の子らへそそがれていた。それが私たちを刺していた。なんということもなく、あったかな父を、父の愛情を身にしみて味わった覚えがないのだ。いや、父がたまに父らしい気持をもったときでも、こちらには母の味方として、不純の父を憎む気持しか持てなかった。

「争い多い父母」をみている子の不幸が、「愛し合う男女」を親としてみてきた子の幸福におよびつけなかったのだろう。また、私とはちがって、その血の中に極端な不調和がなく、自分の内部の激しい争いに疲れないですんだことも、弟たちのおだやかさの一因であるかもしれない。

■一対としての安らぎ

けれど、はじめは妻子あることを承知の上で、愛し合ったはずの女性でも、やがては

「自分だけが愛されたい」「社会的にも認められる愛でありたい」と願うだろう。それを、この女性は経済的な保証だけに甘んじて、よく耐えてこられたものだ。経済的に自立している昨今の女性たちは、当然その願いを実行に移そうとするが、男性の方ではそう簡単に妻子を離れることはできない。

いつか、映画「夜の河」をみて「あの女主人公なんて古い女ですね」といった男性があった。慕っている大学教授に妻があり、それを承知で結ばれる。そのくせ、その妻が亡くなったから「結婚しよう」と申し込まれると、そういう男のいい気さに怒り、愛に終止符をうってしまう女の心理。愛していながら、相手の夫人が死ねば身をひくというのは古いではないかというのだが、これは古いとか新しいとかの問題ではない。自分がその妻の立場にいたらと考えると、女性として男性のずるさ、いい気さが許せなくなるのだ。

妻子とちゃんと別れて、新しい愛に生きる男性が純粋だとばかりいうわけにもゆかない。それは、別れもしないで世間に通る結婚生活をつづけながら、他の愛関係をもつづけてゆくのと同じ程度の身勝手な不純さがあろう。だから、すでに結婚している男性を愛したとき、女性はその男性がどういう手段をとっても不幸なのだ。もし不幸な女性をつくらねばならないとしたら、その不幸が自分を不幸にする。かといって、いつまでも人目をしのぶ形で置かれることの寂しさは自分にはねかえってくる。

「どうしてその人を愛するのかですって？　なぜだか、それはわからないんです。その人といっしょにいると、とても安らかなんです。その人も私といるときが、いちばん安らかなんです」

妻子のいる家庭へ帰ってゆく人の背に抱くかなしみを、愛しはじめたばかりなのに、もうその少女は知っていた。安らぎはたしかに、二人の個性がかもしだす美しい調和である。ひとりではつくりだすことのできない、ふたりの間の芸術であろう。その一対としての安らぎを一生知ることもできないで過す男女も多いのにと、愛らしい目は清く冴える。そして、その安らぎゆえに、その安らぎを捨てて「帰ってゆく」家庭を持つ人へのうらみは、だんだん深くなるのである。

その相手が、こわした方がいい家庭をもっている人ならば、「なぜ、そんな家庭を今までつづけていたのか、便利主義的な卑怯さではないか」と不信をもつし、こわす必要のない、こわしては多くの人を悲しみにつき落す家庭をもっている人であれば、それをあえてこわそうとする男性の無責任さを責めたくなる。そのくせ自分との愛を、社会的に堂々と展開することを考えない相手ならば、その愛の性質に遊びを感じ、余分な自分であることが許せなくなる。いずれにせよ、ひどい苦しみを覚悟しなくてはならない。

■三角愛ゆえに

天智天皇は、すでに大海人皇子の子までなしていた額田王を自分のものにして、ご機嫌であった。多妻時代、一種の乱婚時代であってさえというよりも、だからこそ自分の好む個性の異性を得ることは、なによりの喜びだったのだ。

男性がすでに配偶者のある女性に恋着した場合は、わりに奪いやすいようだ。しかし、妻子をもった男性が、人妻に心を奪われ、火遊びではあきたらぬ真剣な願いに身を灼いたときは、双方の家庭の乱れは大きい。

ある良識にみちた男性が、恋のために家庭も金銭も地位も失ってしまった姿をみて、「いまの時代に恋のためにあんなにほろびてしまえるなんて、男の本望だろうな」といった人があった。それはあわれというよりも、すがすがしい、男らしい姿であったのだろう。

昔から「雲根火雄男志等」を「畝傍を愛しい」と読むか「畝傍雄々しと」と読むかに議論が百出している。

愛しとよめば、香具山（男）は畝傍（女）を可愛く思って、やはり畝傍を思っている耳成山（男）と争ったという心になるだろう。けれど、雄々しと読めば、香具山（女）は畝傍山（男）を雄々しく思って、やはり畝傍を慕っている耳成山（女）と争ったということになる。その山の性が逆転する。

作者の事情から考えると、はじめの読みの方が素直で、天皇が額田王を愛して、大海人皇子と争ったという意のように思える。ところが、実際に、夢みるように散在している三山のそばにたってみると、いくたび眺め直しても、三山中では畝傍がもっとも「雄々しい」。香具山はいちばん女らしいなだらかな山、耳成はよく形のととのった美しい山である。香具山を男性にみたてることも、畝傍山を女性にみたてることも、じつに無理なのだ。

私は、沢瀉《おもだか》久孝博士の『万葉集注釈』（中央公論社刊）に、

「耳成にまづ云ひ寄られた香具山が、後にやや距たつた位置にある雄々しく美しい畝傍へ心を移すといふ、それだけの物語性――なほいへば女性の本能、それも近代の頽廃的なものでなく、もつとさわやかな逞しい本能の目覚め――」

といわれているのにあって、あっと思った。そういえば、すでに大海人皇子と相愛の仲だった額田王が、自分の男性的な魅力に惹かれ、大海人皇子ともめたうえで、自分のところへくるようになった……という天皇の凱歌だといえる。まこと人間的な魅力は、天智天皇、

天武天皇いずれにより深かったのか、額田王の心をきいてみなければわからないけれど、大海人皇子は額田王が、天智天皇のそばにまいってからでも「野守はみずや」となつかしまれるほどのひとがら。また、のちの天武帝というスケールの大きな人であったろう。

天智天皇の賢さは、大化改新の実行力をみても明らかだが、みずからを皇子よりも雄々しとしたのは、兄、天皇という立場の強さをも含めたからではなかったか。「紫のにほへる妹」と、自分から去ったあとまで皇子に賛美させるだけのすばらしい女性であった額田王に、そっとその真実をきいてみたい気がする。

この間、国立ベルリン・バレエ団の公演で「ゴヤによる三つの夜想曲」という作品を観た。マハ（伊達女）とマホ（伊達男）が仲むつまじく踊っている。そこへ呪縛《じゅばく》的な男があらわれてマハに働きかける。この男の衣装はマハと一対になっているから、夫かと思った。運命的な支配力を示しているのだろうか。マハはマホを愛しながらも、だんだん新しい男に惹かれてゆく。ついに怒ったマホは男と闘い、殺してしまう。マハは自分の罪に呆然とし狂人となって去る。悲劇的な終末である。

この、のたうちまわるように切実な三角愛のダンスに、私は香具山、耳成山、畝傍山が舞台で動いているような錯覚をおこした。考えてみれば、数え切れない数の人間たちが、昔も今も踊らされている運命のダンス、絶対のダンスなのにちがいない。

■ともにありたいと

播磨風土記の神話十一の部に、出雲族の阿菩大神《あぼのおおかみ》が三つの山の闘いをきいて、それをいさめようとでてこられたが、上岡《かむのおか》の里まできて、争いが止んだときいて、そこにとどまったことが書いてある。

私は、天智天皇の反歌をはじめて読んだ娘のころ「印南国原《いなみくにはら》がたちあがってみにきた」というふうに解して、その面白さにおどろいた。はろばろと広い野原がみるみるうちに空へたちあがるすさまじい気魄《きはく》。平和な時にはのびやかに横になっている野が、何事かあると立ちあがって野鳴《やな》りとよんで納めにくるというイメージに、なにか壮大な美しさを感じたのだ。

その印南《いなみ》郡は、空をうつしてまっさおに光る加古川から西にひろがっている。葉も茎も、まるで黄金づくりかと思われるようなこんじきに染まったすすきが、やわらかな穂をなびかせている。播磨《はりま》海岸には工場誘致が盛んで、平野のあちこち、すでに工場の建っているところもある。いまに、平野は建物ばかりになるだろう。和神《にぎがみ》がたつにふさわしい、おだやかな印南国原の面影がのこっているのも、ここしばらくのことだろう。

いつか、不意に電報がきておどろくと、それは洋裁学院の先生と暮している若い女性の自殺さわぎであった。その先生が、またちがった女生徒と仲良くなったのをうらんでの思いつめかた。決して遊びや、いい加減な面《つら》あてなどではなく、本気な熱烈な愛なのだ。人間の愛には予断をゆるさぬ、ぶきみなものがつきまとい、女同士、男同士の同性愛であっても、三角線の苦しさは同じことだと思う。

畝傍山のそばの大和《やまと》歴史館にはいると、心にこたえる石棺がある。古墳時代後期の石棺で、大三輪《おおみわ》町《ちょう》穴師《あなし》から出土したものだというが、それが発掘された時、中には二人ぶんの骨がはいっていたとか。写真でみると長さ二メートル半の棺の中に、どくろが両端にひとつずつ、杯が二つ並べられ、脚や腕の骨は行儀よくそろっている。母と子のものとは思われない。やはりおとなのどくろである。

「生まれたときはべつべつだったが、せめて死ぬときはひとつ柩《ひつぎ》に」と願う感情は、愛ゆえの自然だ。愛し合ったふたりが息絶えるとき、きっと「いっしょにほうむって下さい」と書きのこすだろう。

三角関係の清算、などという見だしのニュースでも、三人の当事者が三人で死のうとする場合はほとんどない。かならず、誰かひとりを疎外し、二人だけであることを願っている。その人と生きるも死ぬも「ともにありたい願い」が愛着そのものなのだ。

いつもその人に見ていてもらいたい。いつもその人を見ていたい。考えを話し合いたい。喜びをともにしたい。離れていると、その人が困っていないか、悲しがっていないかと心配でたまらない。その人の息をあび、その人を抱きしめたい。その人は、ほかのたれひとの目にも触れさせたくはないし、ほかのたれをも見せたくはない。

そんな、はずかしいほどエゴイスティックな思いが、恋の正直なのだから、不幸は恋の感情自体に内在している。相手が、自分にとって便利な役にたつ限り、誰でもかまわないといった合理主義者や、スリリングな浮気に身をやつす享楽主義者は安全だ。ばかげたエネルギーをつかって、しかも不幸になる危険はない。

むくわれぬ思いの私にとって、この分厚い石棺に並ぶ骨は、ねたましいもののひとつなのであった。

我が世をば

『伊勢物語』在原行平《ゆきひら》

■冬の日ざしの中で

夏の日の散策には、声を合わせて歌う若人や、家族づれでにぎやかだったが、さすがに、冬日さす午後の滝道を、ひたひたとゆくのは私ひとりである。私は、冬という季節が気に入っている。風もなく、日が照り、しかも頬をさすような空気のつめたい冬の日……。

街は明るい日ざしをまともにうけていて、わりにあたたかかったが、小さな山でも山道にかかると急に冷える。日がさえぎられて、あたりがすぽっと紫めく。歩き慣れた布引《ぬのびき》への道は、こわれかけたような茶屋、しずかにねそべる犬、都会から田舎にふみこんだような、とりつくろわぬ感じである。

めずらしい都心の滝を守って、この一画がいつまでもひなびたままにのこされているのはありがたい。モダンな喫茶店から、ジャズの流れてくる繁華街が、このごろはどこまでも延長して、いずこも同じ観光地になりつつある。「このあたり一帯を開発して、ドライヴウェイをつくり、滝に七色のライトをあてたい」などと、市の方で計画されているときくが、私にはこのひなびた布引との別れがつらい。ここにのみのこる田舎らしさを賞《め》でて、何かというと、この道をたどるのだから。

もとよりこの山は、もっともっとけわしく、きこり道だけの通じている山だったにちがいない。けれど、新生田川開鑿《しんいくたがわかいさく》からこちら、まったく昔の形状を失うに至れり云々と地誌にある。維新後、滝へ簡単にゆけるように道をつくったらしい。

和名抄《わみょうしょう》にはこのあたりを、菟原《うばら》郡布敷《ぬのしき》郷といい、清浄な別境であった。布敷を後に布引となまったともいうが、滝を布引というのは、地名とは関係なく、ただその崖上よりまっ白な布を投げかけたような姿からの命名であろう。滝を布引とは、ごく平凡な命名で、また、その平凡さが、なるほどと思えるような気やすい滝である。

むかし、をとこ、津の国菟原郡蘆屋《うばらのごほりあしや》の里にしるよしして、ゆきて住みけり。

情熱のおとこ在原業平《ありわらのなりひら》は、蘆屋《あしや》に領地をもっていた。おん父阿保親王《あぼしんのう》の墓は蘆屋に現存し、年々蘆屋市は業平祭を行う。業平とは美男の代名詞に使われて、いやにきざな、なまっちょろいやさ男を連想しがちだが、まことは心身ともに、なかなかたくましかったのではないだろうか。そして華麗な詩才とともに、運動神経の発達した敏捷な男でもあったにちがいない。

数かずの女性との恋や情事のいきさつをみると、覚悟のすわった大胆さとともに、機敏な行動力がうかがわれる。折にふれてのなさけもしたたかに、しかし、その上を貫くひとすじの慕情も強靱である。こんな恋のできる男が、世ならぬ世にあう苦しみと憤りは、いい加減なものではなかろう。

伊勢物語で、業平、行平《ゆきひら》を中心にした仲間たちが布引の滝をみている。これは業平の筆になったものか、他者の加筆かはしらないが、蘆屋の領に来ていた業平が海辺を逍遥《しょうよう》したあげく、

いざ、この山の上にありという布引の滝見に登らむ。

と、うちつれて山にわけ入ったというのは自然である。海と山との間がたいそうせばまっ

ていて、一日のうちに南の海、北の山ともに歓を味わえる土地柄に住むよろこびは、今もかわらない。

けれど、現在は全国でも有数の美しい住宅地である蘆屋も、業平のいたころは、都に遠く流離の思い深む「文化果つところ」だったのであろう。

高さ二十丈、広さ五丈。

いまは四十三メートル三というのが雄滝、雌滝は十九メートル三と立札に書いてある。とても五丈の広さはない。

歳月のたつにつれて、おのずからな地勢の変化があったのだろう。とくに水源地として、水道工事が施されてから、その趣きはうんとかわったらしいから、摩耶山《まやさん》の陰から流れ合う水の量も減じたのだろう。それに夏でも細っていた滝が、冬枯れのさなか、ひとしお寥々《りょうりょう》としている。

もっと木立繁く、細い土道だったとき、下からやっとこの滝のそばにたどりついて、五丈もある広幅の二十丈たけの水しぶきを仰いだら、どんなにか神韻深かったことだろう。この冬の滝は、なにかじっと忍ぶる相のようにも思われる。滝は水量の増す四月から夏にかけての観物であろう。それを渇水期の冬、わざわざみにくるのが、どうかしている。

ただ私は、冬が好きなのだ。冬の滝の方が、夏の滝よりも、ずっと身にしみて親しく思われるのである。

■うらみつらねて

どどどっ、どんどと、水が少ないのに轟音はかえって高い。いつみても、目を射る周囲の山壁の白さ。あの白い、輝く岩はやはり花崗岩《かこうがん》なのだろうか、ほとんどが岩でき上がっている山だけに、どこまでつづくのかわからない洞窟もある。

さる滝の上に、わらふだの大きさしてさし出でたる石あり。その石の上に走りかかる水は、小柑子《しょうこうじ》、栗の大きさにてこぼれ落つ。

とあるが、もはやその円座のような石はくずれ落ちている。面白い写生文が、現実の滝の上に二重うつしになってみえる。この滝を仰ぎみながら、一行は歌を詠んだ。千百年あまり昔の吟行である。

行平がまず、

我が世をば今日かあすかと待つかひの涙の玉と何れまされる

業平が、

ぬき乱る人こそあるらし白玉のまなくも散るか袖のせばきに

これはどちらも、うらみの歌だ。

行平が衛府督《えふのかみ》。業平は衛府佐《えふのすけ》だったのだろう、ともに居合わせている人びとは衛府佐仲間で、武人である。文武両道にすぐれ、音楽のたしなみもふかかった父阿保親王からうけついだ素質は、行平、業平を文武に秀でさせていた。

それだけに「自分たちの羽振りのよくなる時節を待つ」気持はつよく、位のひくさをなげく思いは深かった。天皇の血をひきながら、外戚、藤原良房《ふじわらのよしふさ》への憚《はばか》りのため、うつうつとした立場におとしこまれていた。

人臣として初めての太政大臣、人臣として初めての摂政、藤原良房によって平安時代は実質的に、藤原時代になっていた。「世が世ならば」のうらみをつねに抱く兄弟は、滝をみて思わずこの声がでたのであろう。

かたへの人笑ふことにやありけむ

それは内容へのさびしい笑い、気の毒な思いだったかもしれない。また、歌才に対する遠慮もあったのかもしれない。他の人びとは歌わなかったと記されている。

立身出世。この道へのあこがれは、何より官位のあがることを喜びとしていた。じつにじつに長い歳月、官位がものを言い、官位がすべてを支配した。官位が官位をざんし、官位は官位を兼ねようとした。だが、どんどんふえる皇子皇女たちと、その子孫は、天皇の血をひくからというだけでは、どうしようもなかった。天皇はたった一人しか存在できないのだし、天皇以上の身分はない。結局、天皇ではありえなくても、天皇を思うままに動かしうる権力の主になることが、立身出世の最高であった。

古来、おびただしい数の天皇の子孫が、ただびとになり、ふたたび逆に出世して天皇を左右していたことであろうか。閨閥《けいばつ》の力によって勢力をもとうとする策略は、現代の資本主義社会の中まで、大きくつながってきている。

すでに立身出世主義の内容は、敗戦と同時に変貌したはずなのだが、「大臣になりたい」夢はなくなっても「お金持になりたい」夢はふえた。どんな理想も「金なくては」という現実が、金銭を得ることを「人生の幸福を得る手段として望む」のではなく「人生の幸福」そのものとしてしまったのだ。だから、たとえ法をおかしても、人をおとしいれても、他の人間を不幸にしても、利益を得たら、それが出世なのである。

「適当な収入を与えられるいい会社に就職し、美人の奥さんをもち、電化のゆきとどいた綺麗な家に住み、子どもを二、三人、洋種の犬を飼って、自家用車の一台も持つ」といった生活が、現代の理想なのだそうだが、その理想を手近に、手早く完成させるため、愛なき計算ずくの結婚をしているひとは、案外に多い。

職場における序列の上下によって、自由な魂を失わされてゆく実例を数かずみていると、女がもっと自由な人間として尊重されるためにも、まず男が、その職場において、仕事以外では自由な人間として呼吸のできる状態にしなくては……と思われてならない。

いかにも上役ぶった男、肩書がおデコにはりつけてあるような男、ひとつひとつ、こむずかしく難くせをつけてみる男。

ある人が「日本に男はいない。日本中、社長や課長や教授や代議士や、いわゆる職業の位置ばかりが歩いている。どんなに立派な男でも、職業をヒケらかさないで立派な、男そのものの男を感じさせる男はいない。男そのものの男の、尊厳を知らせられる男はいない」と、いっていたのが思い出される。

お怒りになってはいやでございます。そういった人も男の人で、男同士の社会が、女同士の間よりもいっそう陰惨な、恐怖と猜疑心にみちたものであることを、痛烈に味わっているひとりでしたから。そして男が結婚すると、亭主になってしまって男ではなくなることを、男自身としてさびしがっている人でもあった。

なるほど、そういわれれば、女にとってやはりいちばん魅力を覚えるのは、男が男であるときだ。ところが男は、自分の男を示そうとして、すぐ肩書をひらめかす。肩書を信用し、肩書にあこがれる女性はべつとして、肩書は肩書、なんの実体をもともなっていない場合の多いことを知っている人間は、肩書をふりまわされればふりまわされるほど、気持がしらけてくる。男の魅力はどこかへいってしまう。

相手に自分の肩書を忘れさせてしまう男。それは心にくく、しゃれた男だ。肩書を忘れさせながら、信頼と愛着をもたせる魅力はどこからくるのであろう。宝玉のように、たまにはみつかるそんな男と男との友情を、私は男と女との間で存在させたい。

だが、男同士の間ですら、本質以外のいろんな優劣が口を利き、命令形でものごとの運ばれることが多いのを思うと、男と女との間ではとても無理なのか。やはり日本の男性は女性に命令する本性をもっているから、いくら尊敬し、愛していても「自分の言ったようにしない」と、たいそう腹をたてるようだ。

対等の立場で相談されても、命令を下してしまう男性が多いのは面白い。それはご夫婦の間では、いっそうのことらしい。

■人間全体の罪

業平は、自分の手の届かぬ位になろうとしている高子《たかいこ》を、背負って逃げだした。芥川のほとりまできて奪いかえされてしまったが、その恋のために都にはいられなくなってしまう。藤原一門ににらまれたら、身じろぎもできなくなることがわかっているのに、一門中の后《きさき》がねの女に想いをよせる。

自分が身分の高い地位になれたら、あるいは妻にもうしうけることもできるだろうに、藤原家では女がうまれると女御《にょうご》にあげよう、中宮《ちゅうぐう》にたてようという気しかない。男というものが、こんなにもうるわしく、なつかしく、やさしいものだということを、彼のひとにだけはしらせたい。身をもって、あの人の美しさを味わいたい。

業平は虚無的ではあったけれど、それに小さくひずんでしまわずに大風《おおかぜ》のように女を愛し、求めた。そのように求められた高子は、どんなに彼に惹かれ、また迷い苦しんだことだろう。負われてゆく彼の背で、ちりちりとふるえたであろう白い足の指が、目にうつるような気がする。

私はいつだったか、神戸の朝日会館で「若き獅子たち」という映画をみたことがあった。それは、くわしいストーリーは覚えていないけれど、マーロン・ブランド主演の心うつ終末をみせた映画だった。戦争にかりだされた男たちの、あわれな戦い、心にもない殺人、その留守家族の飢え、姦通、できるだけ良心的に行動して生きのびた主人公も、最後、なんの意味もない弾丸にあたって死ぬ。ずるずると泥沼にすべりこんで、最後のいきがぷくぷくと泡だつ。そのまま。

映画になったのは、主人公を中心にしたわずかな数の人間像であった。しかし、あの戦争で、これまでの戦争で、私たち人間全体はどんなに大きな罪を犯し、罰をうけ、運命を狂わせられたことであろう。どこで、どんなことが行われたか、どんな無駄な、どんな悲惨な、どんな否定が行われていたか、したくない人殺しをやり、生きたいいのちを散らされ、不安と狂気にさいなまれてきたことだろうか。それを思うとやり切れなくなって、しかもまた、同じことをやろうとしているような、人間のひとりであることがせつなくて、私はそのまま布引へと歩いた。

激しい憤りを、どこへどうぶつければいいのだろう。私はいやだ、わが身を守るためにもせよ人を殺すことは。けれど人に殺されることも、まっぴらごめんだ、いやだ。それでなくても、私たち人間は、自然の力によって殺される。殺されつづけている。生まれたときから、殺される運命をもっている。その意味で私は、自殺以外は、それが自然死でも、他殺だと考えている。

私たちは、どんなに生きたくても、事故に気をつけても、老いや病いで殺されてしまうのだ。だのに、そのあわれな人間同士、なんでその短いいのちをちぢめ合うのか。その自分たちの、存在のあわれを認識している動物は、人間以外にはないと思われるのに。この苦しみ、死ぬのはいやだという苦しみ。

生きている間は、できるだけたのしく過したいという願いを、どの人間もが持っているのだ。だからこそ、人間の力で動かすことのできる物質はできるだけわけあい、慰め合って、私たちひとりひとりにきびしく迫っている死に備えなくてはならない。

滝道にあるふかい洞窟は、戦争中の武器の倉庫だったとも、逃げ場だったともいわれる。のぞきこむと、顔を冷気が刺す。たかぶった思いのまま、滝のそばを歩き、滝のしぶきに見入っていた。滝は鳴る。心の中がふっとうしていて、ひとり歩きながらも頭の中はやかましかった。が、滝の轟音のそばにたっていると、自分の姿がひどくしずかなのに気がつく。ふしぎなしずかさである。

なるほど『源平盛衰記』ではないが、この滝壺の底を探ってみたくもなるような、しいんとするひとときである。重盛《しげもり》の命《めい》のもと、滝壺にもぐった難波六郎経俊《なにわのろくろうつねとし》は、やがて足を水のない屋根につける。庭には金銀の砂を撒き、池には瑠璃《るり》のそり橋、琥珀《こはく》、珊瑚《さんご》、真珠、そのほか美々しいつくりの竜宮だった。年のころ三十ばかりの、背丈八尺もあろうと覚える女が機を織っていたというが、水面に浮かび上がって報告すると間もなく、雷にさかれて死んでしまう。重盛は、自分の軽率な命令のために、豪の者の生命を失ったことをいたく後悔する。

瀑《たき》に水伯《すいはく》あり、「竜神とは蛇のことではありません。自由自在の神通をもつ神のことです」と、いつか幼い字の立札がたっていたように思う。

あたりには藤原有家の「久かたの天津乙女の夏衣雲井にさらす布引のたき」、澄覚《ちょうかく》法親王の「布引のたきみてけふの日は暮れ組一夜やとかせみねのささ竹」、伊勢の「たち縫はぬ衣着し人もなきものを那丹山姫《なにやまひめ》の布晒《ぬのざら》しすらむ」といった、業平よりはすこし年代のくだる歌人たちの歌の碑がある。

それがほとんど変体仮名なので、どうにも読みづらい。以前は、変体仮名を知っている方が、教養が高いと思われていたけれど、もはや、新かなづかいの毎日である。今までの碑は仕方がないが、もし、これからたてる碑があれば、何よりも読める字にしておいてもらいたい。せっかくの意味が通じない。

■将来の良き方向を

誰しもが「我が世をば」と願う心にまちがいはない。だが、それなれば我が世とはどういう世なのであろう。日の当る場所に出たいということ、理不尽な濡衣や刑を与えられたくないということ、「金の力で金のない者のできないことを次つぎとやりたい」人もあろうし、「皆がびくびくしないで暮せる明るい世を」という人もあろう。

この間みた民芸の「るつぼ」は、おそろしい舞台であった。同じ神を信じる者が、ひとりが私怨によって他の人名を口ばしり「その人は魔女だ」というと、それがたちまち魔女だと決められてしまう。私怨によって他の女を魔女にしたてた女は、聖女扱いをうける。いったん魔女だといわれてしまえば、魔女ではないという証拠を出さない限り、魔女にされてしまう。そして、魔女ではないという証拠は、魔女だという証拠以上に立証できるものではない。

なんでもないひとつのことがらが、そう思いたい人の思いによって、どういう証拠にもなりうるおそろしさ。

「あの人は泥棒です」逃げながら真の泥棒が、ゆきずりの人を指さす。すると、真の泥棒を追いかけている人までがまどわされて、全然ちがう人をとらえる。悲しい、こわい現実である。

東南アジアの諸国をまわってきた人びとの座談会をきいていて、ふと心にのこる言葉があった。東南アジアの国ぐにはたいへん貧しい、不平等な、無教育の国が多いが、どの国の人びとも、希望にあふれている。そして口ぐちに「十五年、二十年先のこの国をみて下さい！」と叫ぶそうだ。みんな、将来の良き国をめざして努力している。苦労はしても、たのしみでいっぱいなのである。

「日本で、日本の十五年先を考えている人間がいるでしょうかね」

出席者のひとりがふとそういわれた。ドキンとした。いったいこのこわさを、どう表現したらいいのであろう。業平の絶望も、それはあくまで、個人的な、せいぜい家系的な憤りであった。

「あと四十年も今の状態がつづいたら、核で滅びなければ性エネルギーでほろびる。世界のどこにも清らかな空気のところはなくなる」

といったベルギーの大学教授の予告にも、いっこう真摯《しんし》に耳をかたむけない人類。忍耐すれば、よき時代がくると信じることのできる人は幸いである。私はなんのぜいたくも望まないが、太陽の光、清らかな空気、そして豊かな水は絶対にほしい。ところがそれほど、ぜいたくな望みはないという世の中になりつつある。

業平はよかった。美しい空気の中で、心のままの恋をすることができたのだ。

おとにきく

……………………『小倉百人一首』祐子内親王家紀伊

■時代をこえた絵物語

年のはじめっから、なにかと気疲れが重なって、うとうとする日が多かった。このあたりにはめずらしく大晦日に雪が降って「初雪もいいけれど、暮の雪ってすご味があっていいじゃないの」とご機嫌だったのだが、それ以後の冷えは、いいどころの段ではなかった。安静にしていて目をあけると窓の外は雪が舞っていた。牡丹《ぼたん》雪や、玉あられ、夜具の衿にあごをうずめて、眠っては覚め、覚めては雪の気配をきいた。

まひるの雪は夜の雪よりもずっとさびしかった。生きているという実感にともなう底しれぬおそろしさに、ひろひろ心がしずんでゆく。そしてまた目をつむり、次から次へ、灰いろの空から無限に豊饒に舞い下りつづく雪片の重なりをまぶたの裏にのこしながら、わずかな眠りにはいってゆくのだった。

そんな、まるで自分をみうしなったような状態のなかで、遠いラジオが、百人一首をよみあげていた。雪と、お正月と、百人一首。それは、古い絵物語だった。

私は少女時代、兄姉やお友だち、従兄妹や店の人もまじえた大人数で、先を争ってとりあった歌がるたのたのしさを思いだした。それと同時に歌を読みあげる母の、やすらかな声音が耳によみがえってきた。毎年毎年、聞き慣れた母の読み手ぶり。子どもたちをたのしませることを、大切に考えていた母の、親しい声の抑揚が、きこえるようであった。

戦後は百人一首というと、なんだ古くさいといった顔をする若人が多いけれど、実際はこの小倉百人一首ほど、歌の百人集としての永遠性を有しているものはあるまい。

歌人百人をえらんで佳首をのこすこころみは、いつの世も、くりかえしてこられたもの。この、藤原定家選と伝えられる小倉百人一首が成立して以来も、何百種にのぼるかわからぬ百人選があったと思う。けれど、あとの百人選は、小倉百人一首のようには愛されなかった。

歌がるたになったのは、近世のことであろうが、歌がるたにつくるのに、小倉百人一首がえらばれたところをみても、やはり、どの時代の人心の機微にも触れるものがあるからだといえよう。

少女の私の記憶に新しいものは、戦時中につくられた「愛国百人一首」である。もっとも新しいこの百人一首は、国家の音頭とりにもかかわらず普及しなかった。「これまでの小倉百人一首は、優柔怠惰なもので、人心を萎《な》えさせる。国民の士気をふるい起させるような『愛国百人一首』で、歌あそびをするように」との意図であった。本屋さんや、おもちゃ店の店頭にも、愛国百人一首は小倉百人一首のようなかるたに仕立てられ、並んでいたが、それはあまりに味気なかった。恋情は軍国のご法度《はっと》になったのだ。

かといって、小倉百人一首のすべてが、名歌だといえる歌ばかりではない。今度とりあげてゆかりの地を訪うことにした祐子内親王《ゆうしないしんのう》家に勤める紀伊《きい》という女性の、

おとにきくたか師の浜のあだ波はかけじや袖の濡れもこそすれ

の一首なども、才気の歌であって真実流露の美しい歌とは思えない。

私は式子内親王《しょくしないしんのう》の、

玉の緒よ絶えなば絶えね長らへばしのぶる事のよわりもぞする

が好きであった。古今、新古今をはじめ数かずの集の中からさらに抄出された百首には、なんといっても恋の歌が多い。そのうちでも恋を耐えしのぶ苦しさをうたって、われとわがいのちに死ぬなら死んでしまえ、生きていたらこの思いをがまんする力が弱ってくるからと、うめき泣きをしている式子内親王の歌には、涙にはれた面《おもて》が、みえるように切実で胸打たれる。

紀伊なる女性の「おとにきく」の歌は、金葉集の恋の部。

堀河院の御時、艶書合《えんしょあわせ》に詠める

中納言俊忠

人知れぬ思ひ有磯《ありそ》の浦風に浪のよるこそいはまほしけれ

の返歌として、おとにきくの歌がのせられている。平経方《たいらのつねかた》のむすめ、兄重経《しげつね》の官位をとって紀伊とよばれていた女性は、祐子内親王の侍女のなかでは、歌合《うたあわせ》といえばかならずひきだされる才媛だったのであろう。

艶書合《えんしょあわせ》などという風流ごとにかこつけて、ふざけた歌を詠みかけるものもあろうし、うそからでたまことの形で、ふと憎からず思い合う組合わせもうまれたことであろう。才あるままに色じかけで女に話しかける男の多いのは、今も昔も同じこと。それを、適当に受けて、柳に風とこなすのをおとなだといわれるのかもしれないが、その点、紀伊は適当に返すとみせてぴっしゃりと、あだし言の葉はごめんと言っているのが、なかなか近代的で面白い。

俊忠は俊成《しゅんぜい》の父、定家の祖父。

もののあわれに敏感な感受性と、優雅なたたずまい。俊忠はきっと女ごころをとらえやすい魅力を備えていたのだろう。そして、その魅力を自覚して、さまざまな女性と交渉を持っていたのにちがいない。

だから紀伊は、彼の「人知れずにあなたを思う、この心を伝えたい」という意味の歌に「名高い高師浜《たかしのはま》の波など、私の袖にはかけたくもない、ただ濡れるだけですもの」と答え「有名なあだし男のあなたと縁は結びますまい、私はそれで泣くような目にあうでしょうから」と諷《ふう》しているのだ。

あだ波に似たあだびとのあだごころ、うっかり本気になって濡れては、笑いものになるだけのことでしょうよと、さっと身をかわしているかしこさ。それは、女性としての本能的なかしこさだが、男たちにとっては小癪なさかしらだったかもしれない。

■ああ、海がない

茅淳《ちぬ》の海。

ここは西に淡路をひかえたいり海である。

高師浜は、よほどの昔から、たいそう美しい浜として名高いところだったのらしい。清らかな海として、私の小学生時代、学校からの海水浴は高師浜にきまっていた。私は耳が悪いため、泳ぐことが許されず、参加しなかったが、後年、高師浜の療院で、身体をやしなう一時期があった。

久しぶりに、浜寺にたって、私は今浦島になったような気がした。諏訪の森、浜寺、羽衣、高師浜、このあたり一帯に見事につづいていたはずの立派な松林は、どこへいってしまったのか。一九三四年(昭和九年)の室戸台風で、それまでの、渚から松林につづく美しい海浜は失われてはいた。悲惨だった高潮の害を再びあらすまじとして、長く防潮堤がきずかれた。そのために、自然な海浜の姿は滅亡したのだが、それでも、堤の内に、太く枝をくねらせた堂々とした風格をもつ松たちが、たくさん林をなしていたのに。

『関西文学散歩』によると、著者、野田宇太郎氏は「平安朝から風雅の岸辺」として名高いこの松原をたずねていらっしゃる。明治六年（一八七三年）、士族の授産のため民間に払い下げられてどんどん切り倒されていた名松を、当時の内務卿大久保利通が巡視、

おとにきく高師浜の松が枝も世のあだなみはのがれざりけり

と詠んで、その伐採を中止させたということも、その書物で承知した。野田氏は、戦後の紀行のため、その松林がひらかれて、駐留軍のキャンプがたちならんでいるのに、胸いためておられる。

しかし、それからさらにかわっているのである。もうキャンプはすっかりない。浜寺公園という碑に、形のごとく、細い松が植えられ、ヘルスセンターがたっている。子どもたちの遊び場があり、ピノキオやミチルの家と書いた子ども用の小屋まである。

何より、海をみようとして、堤防に走りあがって驚いた。ああ、その海がない。「プール

群Aブロック工事」とか「埋立工事」とかの立札がたって、埋立用の機械が、ぶるぶると、それこそ音たてている。この見わたすかぎりの埋立て地は、やがて大工場街となるのであろうか。大阪住吉から堺を経て、海岸線は大変化をきたしているわけだが、浜寺から高師浜までとことこ歩いてくると、ここにはまだわずかに海浜がのこっている。

みぞれまじりの寒風にさらされて、浜を歩く人もある。赤茶けた顔じゅう皺《しわ》だらけの、ひとめで漁に生きてきた人とわかる老人は「もうここも埋立てられます。あと一年しか浜での漁はできまへん」と、はろかに海を眺めてたっていた。綿に着ぶくれた老人の、一生のほとんどは、この浜で過されたことだろうが。

荒涼とした冬の海。松がなく、人家のたてこんできた街のとぎれに、申しわけのように波うっている狭くるしい砂浜で、どう考えても美しい高師浜のあだ波は、まぼろしのごとく消え去っている。あだ波は、水門の近くの、あだなみ橋にその名をのこしているだけなのだ。

『日本霊異記』の上巻に、

敏達天皇之代　和泉ノ国ノ海中ニ有㆓楽器之音声ノ㆒如ク㆓笛箏琴箜篌等声ノ㆒或ハ如ク㆑雷ノ振動

昼《ハ》鳴夜輝　指《テ》レ東《ヲ》而流《ル》

どういう海底の変化のせいであろうか、とどろと海鳴りがしたのを、さまざまな楽器（箜篌《くご》というきき慣れない楽器は、一種のハープのようなもので、たてたり横にしたりしてひいたらしい）の一度に合奏するような音響がおこったとある。海の中で楽器の音がすると表現したのは、ロマンティックでおおらかだ。海をしらべると、音のしていたところに楠の木があったので大伴屋栖古連《やすこのむらじ》は、

還《リテ》上奏之《ス》、泊二乎高脚《ノ》浜《ニ》一今屋栖伏《シテ》願《ハシ》応レ
造《ル》二仏像《ヲ》一焉。皇后詔、宜《シ》レ依《ニ》所レ願也

というわけで、物部、蘇我の争いのもとになる仏像がつくられる。聖徳太子の帰依によって仏法は日本国の大法となるが、その篤敬《とっけい》の象徴を、この海が産みだしているのだ。

■恋の重さ

その神韻の海、その、かつて美しかりし海辺に、紀伊はおそらく一度も遊んだことはなかったろう。紀伊守である兄からでも、紀州への道にある美しい高師浜の噂をきいていて、俊忠の歌をだされて、とっさに高師浜を連想し、まとめあげたのではないだろうか。

その伝記を知らないで、失礼な推測をするようだが、紀伊はまた、あまり美貌ではなく、また、魅惑的な風姿の持主でもなかったような気がする。あまたの男性からなにかれと言いよられている女性ならば、プレイボーイ俊忠のよびかけを、こうまで手きびしくはねつける歌を詠まなかったかもしれない。

「俊忠は有名な浮気者だけれど、案外、私には真実の恋を感じているのかも」などといい気になって誘いにのり、それはそれでのいきさつがおこる可能性もある。その反対に絶世の美女で、多くの求愛者のいい加減なありかたに疲れて、いよいよ純粋になっていたのかも、それはわからないが。

恋の歌のつきせぬように、恋してなやみ、恋されて苦しみ、さて恋に縁なくてはさびしむ、かなしい人の世である。その恋へのあこがれは、おうおうにして恋でもないものを、恋であるかのように錯覚してしまう。たれか第三者がいると、とたんに同行の女性に親しい口をきいて、まるでなにかあるようにみせる男があるが、そんな男に「なぜそんなふうになさるのかしら」ときいてみると「男はね、この女はオレのもんだとビラをはりたいんですよ。他の男が手を出さないように、どんなもんだっていいたいんですね」ということであった。

たまたま、ある女性とごいっしょの時に私が通りかかってご挨拶したら、その女性をいやに親しそうに紹介されたが、そのすぐあとで「あんな女、僕のいちばん嫌いなタイプです」と言われたのには、まったく驚いたのだ。

その女性は「いちばん嫌いなタイプ」などと、他に言われていることなぞごぞんじなく、親しそうに紹介されたことで、心を動かせているかもしれない。女狩りの大家は、よくこんな浅薄な手を使うが「ああこわい。私だって、うっかりごいっしょだったらあの伝で、人の前で、いやに親しそうにいわれたり、悪口いわれたりされたかもしれない……」と、ぞっとした。

そういう手管の、見えすいたいやらしさが、思いのほかに簡単に女ごころをとらえるのにも呆れてしまう。女はだまされている間、幸福なのである。みすみす、偽りだとわかったあとも、平和でありたいならば、黙ってだまされつづけてゆくより仕方がない。

俊忠朝臣《あそん》は、軽薄な浮気者ではなかったろうが、女をよろこばせ、なびかせることに男としての優越を感じていたはず。艶書合という公けの席での恋をしかける歌だから、なんだかザラッとしたつくり加減のように思われるが、まことの恋慕の対象にむかってならば、もっともっと真率な、きびしい語気になっただろう。

多情多感のひとは、かならずしも純情とはいえないが、純情であるためには、多情多感な性質が必要なのだ。多情多感なればこそ、純情でしかありえない、そういった魂は、単純な性質からきた純真とは、全然ちがった感動を味わえるはず。もちろん相手にも同じような複雑な感受性ゆえの純粋性がなければ、その感動は得られないと思うけれど。

男も、女も、恋にこそいのちをもえあがらすことができる。しかし、ふしぎなのは男性は女性を得ると、かならずといっていいほど「君は僕のものになった」ということ。そこに、たえだえの息の中からでも「いいえ、べつに私はあなたのものになったのではありませんわ。私はあなたと愛し合うことを、自分に許しただけです」といわなければいられないあやまりがある。この思いこみは、男性を暴君にさせる。

どこの奥さまからおききするのも「こちらの思いや都合なんて、考えてもくれない」という心の渇きである。奥さまがそばに寄りたいときにつきはなし、自分の勝手なときには奥さまの調子も考えずに、ずかずか踏みこむ。それを不満に思うのは、女らしくないということになるのらしい。

結婚するのは、決して男性に従属するためではない。この世における共同体として、夫婦生活をはじめることに同意したのである。

ある詩人が「僕ね、いつも女のひとはえらいなと思うんですよ。僕が女だったら、男みたいに厚かましくて、むさくるしいものを近よせるなんて、とてもがまんできないだろうナ」といっていらしたのを思いだす。

そういえば、緋牡丹のような灼熱の恋をして、情炎の日々を過した与謝野晶子女史でさえ、

男きて狎《な》れがほに寄る日を思ひ恋することはものうくなりぬ

の一首をのこしている。明治四十二年（一九〇九年）発行の『佐保姫』集だから、初期。そんなに深い恋疲れなど覚えられるはずもない若々しい頃の作品なのに、恋に許したとたん、女自身のひとりの境地にまでずかずか立ち入ってくる男の無神経さが、彼女のカンにさわっ

たのであろう。

愛はみずからを開け放ち、相手の内部と合致する醍醐味をもっているのだが、慣れは、愛情によってかもしだされる尊い親密境を、おびただしく傷つけるもの。

女の恋の高さは、男の慣れによって、いたく低い次元に落される。せっかくの恋を、高度な理解、表現しようもないほど深い、人間的な親密として味わうには、たがいに調和のとれた、節度をわきまえねばならないのだろう。この場合ほど、真の教養の必要なときはない。

晶子女史は堺のひと。浜寺も高師浜も、親しみぶかい散歩道だったことだろう。ときとしては自分を圧倒する男の野性が、折りにかなった美しさで示される満足感は、女を、みずから尊く思わせるものだ。真実の恋の女性といえる晶子女史の、男の慣れをうとましがる女身《にょしん》の感覚が、なるほどと強くうなずけるのである。

■冬の渚で

すこし離れると、もう人の姿は松の幹にかくれてしまうような林を歩き、松の葉や梢にふりつむ雪、額や頬に消える雪、びっしりと降り織り動く雪の絣《かすり》模様に濡れていたことがあった。

私は、しつこく続いた微熱のために女学校を中途で退学し、浜の療院に入院して、やっと健康を回復したばかり。その私に「もう一度女学校へ通って、卒業証書だけとってほしい」と頼む青年がいた。べつに中退したことを恥とは考えていなかった私は、腹をたててしまった。誰も結婚するとはいっていないのに、好きでもないのに、向うで勝手にそう決めて、格式高い家の両親や親戚を説得するための最低資格を得させようというのだ。

今から思えば、まじめ過ぎるほどまじめな学生で、真剣な希望だったのに、冷たくあしらったようである。

「愛しているのなら証書がなんなの、私が男なら、そんな少女をこそ仕合わせにするだろうに」

と、それこそ逆行の生きかたを夢みていたからでもあろう。当然の資格を要求されたとたん、心が冷えたのは、私の思いあがりだったかもしれない。

かつてこの松原は、五月ごろ、松がいっせいに花粉を散らすときがすばらしかった。さらさらと、ともしび型の花から散った金の花粉は、髪にとまり、肩にかかった。家の屋根瓦は、まっ黄いろの精をため、あたりは蜜蜂になったようなみずみずしい花粉に濡れていた。

あの、ぜいたくな自然。はっきりと、あだな恋はしないとうたった紀伊の、あだし男の高名さになぞらえられた高師浜も、すでにその風情《ふぜい》は終焉《しゅうえん》の様相である。

豪奢な松原は再現できない現実の地に、新しい時代の風景もまだはじまってはいない。波の音は砂に耳をおしつけてききすませても、なにか絶え入るようで、はかなかった。冬の渚は、磯の香さえも忘れていた。

萌出るも……………………………………『平家物語』祇王

■きびしさの自在さ

「ここはもう、北陸なみのお寒さでございます」

ほんとうに、身体の芯がふるえてくるのをどうしようもない、二月の冷えであった。嵯峨の雪道をたどって、ささやかな草庵祇王《ぎおう》寺を訪れてみると、留守がちときかされていた庵主、智照尼《ちしょうに》がひっそりと迎えてくださった。観光客の絶えた祇王寺の仏間は、あたりの紙障子を透かせて映える雪明りにほのあかるく、かるく、やわらかな雪の音が、ときどき雨音とかわってきこえていた。

小さな手あぶりひとつをなかに、庵主さんはきたえられたきびしさで、冷えにびくともしていらっしゃらない。四十一の年にこの草庵にはいられて「もう六十八になります」そうだ。二十七年間、冬ごとのこの寒気とたたかってこられた自在さが、か細いお膝にキリッとみなぎっている。気性のはげしい、よく気のつく大きなお目だ。

達者な文章でつづられた中央公論社版『黒髪懺悔』を読むと、その幼い舞妓千代《ちよ》葉《は》、若き芸妓照葉《てるは》の面影がたちまち彷彿《ほうふつ》としてくる。それらの火宅を激しく通ってきた、機敏な目である。

遊び半分、からかい半分、その物見高い世間の人心は、いまも決してうすれてはいない。ドラマチックな生きかたをしたひとにいつまでもつきまとう、好奇の目のなかで、覚悟をきめて、そのからかいにさらされ洗われてきた強さがある。

「私が出家させていただいた師のご房は、ほんとに尊い方でした。髪をおとしました私に『いいご相になられました』とひとことおっしゃって下さいましたが、あのときの嬉しさは忘れられません」

と、思い出すのもうれしいといった微笑である。尼になられたことに、一点の悔いもないすがすがしさは、その微笑にもうかがわれて、よかったと思う。同じ女の身体を与えられて、喜びや怒りや、自分自身の業への絶望に疲れ切った私には、心からのお祝いがいえるのである。

せっかくの才気を、もっと他の形で社会的に活用して下さったらと思いもするけれど、この女人の場合は、何をするにしても、自分に備わった才気と愛欲のために傷つく人の多いことに、とても一般の社会にとどまってはいられない気になられたのであろう。出家という、あまりに過去から飛躍し断絶しすぎたような処置でご自分を始末されても、なお、俗世間からの余韻に、しばしばわずらわされないではいられないほどだから、この方の場合は、ほんとによかったと思える。

往生院《おうじょういん》祇王寺《ぎおうじ》。法然上人《ほうねんしょうにん》の弟子、念仏房良鎮上人《ねんぶつぼうりょうちんしょうにん》がひらいた念仏称名の聖地のあとだが、いまは真言宗大覚寺派となっている由。

立札には「治承二年（一一七八年）よりあとで創立したものだが、平家物語作製時代には存在していたので、この寺名が用いられたのであろう」とある。いったんはほろびたらしいが「明治二十八年（一八九五年）、かつて祇王が清盛に請うて故郷の灌漑水路の構築を果したという因縁から、滋賀県野洲《やす》郡祇王村の人びとが協力して三十五年（一九〇二年）に復興した」そうだ。

本尊阿弥陀如来をまん中に、清盛と、祇王、祇女《ぎじょ》、仏《ほとけ》、それに祇王祇女の母とぢの黒い木像が並んでいる。いずれも一メートルあるなしの、小像で、大した作とは思われない。これが当時の美女たちなのかと、同じような面ざしをふしぎに仰ぐ。もちろん、後世の作にちがいはないが、それにしても、彼女らのイメージが稀薄すぎる。清盛もただ、そういうことにしてあるだけのような凡像。へんに形づくらぬまま勝手に空想している方が、よほど美しい姿に思われる。

しかし、白拍子《しらびょうし》のあわれは、智照尼のお守りにふさわしい物語ではある。並べられた木像たちより、すでに七十歳近いという老庵主のたたずまいの方に、ふと、なまなましい美女の香がにじみでる。

祇園精舎《ぎおんしょうじゃ》の鐘の声、諸行無常《しょぎょうむじょう》の響あり。娑羅雙樹《さらそうじゅ》の花の色、盛者必衰《しょうじゃひっすい》のことわりをあらはす。おごれる人も久しからず、唯春の夜の夢のごとし。

■女三人の今道心

白い寝床にいちにち臥して、本を読むか、言葉の断片をメモするか、そんなことしか許されなかったころ、私は、いくたびか『平家物語』を読み、朗読し、清書してみた。学生として勉強らしい勉強をすることのできない私には、窓の外を登校してゆく同じ年格好の女学生たちが羨ましかった。幾何や化学など、どうにも手のつけようもなかったのだが、日本語でつづった文章だと、ルビをたよって読み、文字の形から推して意味をたどることができた。

なんのために存在し、どうしていつか死ななければならないのか、そんな運命がきまっているのに、なぜ自分で自分のいのちを絶つことを罪だといって、いましめられるのか、私は納得のゆかない思いに、くりかえしくりかえし、さいなまれた。死なねばならぬさだめのなかで、さらに、自分の意志ではなく肉親関係となっている人びと、友人、異性などの人間関係にも苦しめられ、能力、容貌その他、自分自身への愛憎にだって、おだやかな気持の日はないのだ。

幼くて、理解しようもなかった男女の愛恋。一国の社会的な構成。その基本的な大切なことがわからないくせに、人の心のうつりかわりと、いのちのたのみがたなさだけは、ひしひしと思い当っていた。

平氏の出世、平家一族の専横ぶりの陰に、無念の涙にかきくれる帝や公卿たち、そういうことの行われる時代の解剖を、こころみようとする努力はなかった。ただ「諸行無常」の鐘の声は、見舞客とうれしく話し合っている時でさえ、私の心に鳴りつづけていたのだ。

巻一「祇王」の項では、美しい白拍子祇王の、思いもよらぬ寵の失われかたを描いている。その母とぢも、白拍子。祇王祇女の姉妹は、遊芸の天分を、母からうけていたのであろう。

その祇王を清盛最愛して三年、また新しい白拍子の上手《じょうず》、仏《ほとけ》という女があらわれる。まだ十六の若い気負いも手伝って、自分から西八条へやってくる。入道《にゅうどう》は「呼びもしないのにきた」といって、かえらせようとしたが、祇王は「わがたてし道なれば、人の上ともおぼえず」と、とりなして対面させる。ところが入道は、仏の今様《いまよう》、舞のおもしろさに、仏へ心をうつしてしまう。

はじめは、「祇王があらん処へは神ともいへ、仏ともいへ、かなふまじきぞ」と怒っていた清盛は、仏を心ぐるしがらせず自分のそばに置くために「祇王があるをはばかるか。其儀ならば祇王をこそいださめ」「祇王とうとう罷出でよ」となる。ものの、一刻とたつかたぬか、その間に境遇は激変してしまう。

祇王も仏も、まさかこのようになるとは思ってもみなかったことであろう、仏にしてみれば、そのような媚の競争意識よりも、入道相国《しょうこく》にならぶ者もないほどの寵愛をうけているのが、白拍子の先輩。その好運の先輩にあやかりたくもあり、いっしょうけんめいの自分の芸をみてもらいたい気もあって、推参したのではなかったか。

祇王が、けんもほろろにしりぞける入道へ、仏にあうようとりなしたのは、はっきり後輩をいたわる思いやりからだ。

今の今まで、そんな命令ひとつで追い出されようとは、予想もできなかったことだけに、祇王は涙にむせびながら部屋をとりかたづけ、障子に、

萌出《もえいづ》るも枯るるも同じ野辺の草何れか秋にあはではつべき

一首を書いて去る。

いだされた祇王へ、世の男どものたわむれ心の集まるのは当然である。そのかろがろしい扱いひとつにも、悲しさが身にしみる。母娘涙にしずんで暮すうち、半年ほどして、また入道から使者がくる。仏御前のつれづれをなぐさめるため、きて今様や舞をつとめるようにというのだ。祇王の心の地獄は極まる。母の泣く泣くの願いに勇気をふるって、祇王は西八条の館へゆくが、昔にくらべて、はるかにさがったところに置かれ、うたわせられる。

仏も昔は凡夫なり、我等も遂には仏なり何《いづ》れも仏性具せる身を、隔つるのみこそ悲しけれ

祇王のうたう今様は、春の座敷をたちまちさびしい冬枯れの野にかえてしまうような、哀切なひびきであったにちがいない。仏はもとより、なみいる人びとは祇王の悲憤にいぶられて、心をあおくしたことであろうが、入道はけろりとしていた。

祇王はふたたびこの恥辱にあうことをさけて尼になり、嵯峨の奥に庵を結ぶ。

祇王二十一、妹祇女十九、母とぢ四十五。祇王寺がたしかにそうだと、はっきりしているわけではないが、さやさやとしなう竹藪つづき、嵯峨の奥なる山里は、このあたりであったはずだ。

ひどくひらけて、俗化してしまったといわれている今の嵯峨でも、祇王寺草庵の夜のしずけさ、心細さは想像できる。道もひろく木立も明るくなっているのであろうが、都を外なるそのころの嵯峨の人気《ひとけ》なさは、女三人の今道心《いまどうしん》をどんなにおびえさせ、生きながらの滅亡を考えさせていたことだろうか。ありあまる才知と美しさを包む尼衣。思いやり深い

やさしい心が、かえってみずからの不幸をまねくあだとなった無念さをかみしめて、彼女たちの白い面《おもて》は闇にとめどもない涙をしたたらせていたことであろう。

■わが身を重ねて

女は、男の寵が他の女性にうつったとき、男の移り気をせめるよりも、新しく寵愛をうけることになった女性への憎悪に苦しむものだ。男の身勝手さ、無責任さ、無情さを男自身の問題として、どこまでもきびしく追及し、うらむのがほんとうなのに、その男の心を変えさせた女性が、許すべからざる大悪人のように思えてしまう。

もちろん、誘惑しようとして誘惑した憎むべき女性もあるかもしれないが、それでも、それに応じた男性の側にむやみに甘くなるのは、うなずけない。どうして男を許しやすく、同じ性のかなしさをわかり合える同性に対してきびしいのか、そこが女の、男によって生活をかえさせられる受動の歴史からきた思考の悲しみがある。

実際、権勢を手にした男が、いかに「不思議の事をのみし給う」かは、入道相国清盛をみるまでもないこと。同時におびただしい美女をたくわえるは当然、思いのままに左右して、女同士の血みどろを蛇に似た無気味な執念にかえてゆくのを、むしろたのしんでいるかの感があろう。

祇王御前が須臾《しゅゆ》にして仏御前にみかえられた口惜しさはよくわかるが、なにも真実の恋に結ばれた相手ではなし、そんなにその愛を失ったことに絶望しなくてもいいだろうにという気もする。

そのころの女性が、どのような高位高官の娘でも、自分の意志で愛しく思う相手と結婚できることがほとんどなく、最高位のお方でさえ「天子に父母なし……などか叡慮《えいりょ》に任せざるべき」とばかり、いやがる大宮を二代后にすえたもう時代である。何よりも、位、栄華にあずかる境遇をあがめ、入道の寵妾《ちょうしょう》である身分を誇っていたのだ。

その愛を失った悲しみより、その場を失ったみじめさにいたたまれない屈辱を感じた祇王が、その場に入れかわった仏への嫉妬憎悪で、どんなに身もだえして苦しがり、われとわが心のあさましさに、のたうちまわったことか。

清盛は子をたすけるためにと身をなげだした常磐《ときわ》をも賞で、すこしでも気になった女性はみんな味わっているようである。五十歳ほどで病気快癒の願いからとはいえ、あっさりと出家入道したが、きっと、頭の鉢の形に自信のある男だったのであろう。男性は容貌などにわずらわされるものではないと思うのは女の推測で、男子の、自分の顔かたちに対する気の遣いようは、ひとかたならぬものがある。

「学生時代、軍隊時代、もし髪を長くのばしてもいい生活だったら、どんなに要らない劣等感から解放されていたかわからない」といわれてみると、案外に、頭の形や、地肌のぐあいや、いぼ、ほくろなどの存在で、丸坊主を苦にしていた男性が多いようだ。兄たち従兄弟たちも、絶壁や大きさをからかい合って、そばにいる女の子の私を、きくにしのびないさびしさにつきおとしたことがある。

また、もし美しくととのった頭の鉢をもっていたら、私自身、小娘のころに尼になっていたかもしれなかった。だが、どれだけ幸福な人の人生にはついてゆけない自分を感じていても、すっぱりと髪をおろした頭の形が、人に滑稽感を与えるようでは困る。わがままも、そこまでゆけばいいところだと笑われたが、鉢の形が気になって、ついに髪をおろすことはできなかった。

浄海入道は、出家の功徳たちまちあらわれて宿病《しゅくびょう》はいえ「平家にあらずば人にあらず」の時代を招来した。私はその成果は彼の人となりや知恵、胆力など、個人的な魅力や努力もさりながら、頭の鉢の形が立派だったのが幸いしたと思う。彼の場合は、みょうに髪でごまかして美しさを出すよりも、剃髪した方がずっと大器を感じさせるすばらしい頭だったのにちがいない。

　とんでもない連想だが、その清盛をもいれた五人の木像をみ、五人の墓と称される雪の墓地にたつと、なんだか身近な人を納めてあるような、親しい思いがする。

　一歩一歩、高下駄の歯にはさまる雪を、かっかと払い落しながら歩く。気がつくと、その歯がはずれている。神戸を出るときはたいそう明るいお天気だったので、雨具の用意がなくて出てきたのに、京都行にのりかえるともうぼたぼたの雪だった。これでは、嵯峨を訪れる前に、せめて高下駄とからかさを用意しなくては……と四条大宮からくるまで京都駅の商店街にむかった。四条大宮でくるまを待つ間、容赦ない大雪のうちにたって、みるみる髪や肩につもる雪に濡れまみれてしまった。

　スチームのとおった売場の下駄は、もろくはじけていた。すこし歩いたらもう歯がぬけて、こんなことではと心配だったが仕方がない。紫のからかさに雪をうけて、祇王寺の墓地をそろそろと歩むと、またその歯がどこかへいってしまったのだ。あの雪、この雪と、陰の深い白雪の間を探しまわって、やっとみつける。今度は歯が水分を吸っていて台にうまくはまらない。もうめったにこのような困惑を味わうことがなくなっているのを、おぼつかないひとりだからと、かえって名残り惜しくたたずんでいた。

■楽土への願い

美女に仏とは、いかにも抹香くさい名だ。そのころ仏とは、美しく輝かしいものの代名詞でもあったのであろうか。まだういういしい少女、仏御前だが、不幸にあわずに不幸をさとる、かしこい女性であった。

何れか秋にあはではつべき

思いがけなく与えられた寵妾の座に、仏はすわり心地悪く、もじもじとしていた。「娑婆の栄花は夢の夢、楽《たのし》み栄えて何かせん」と、思い切って館をまぎれ出た仏御前は、尼になって三人をたずねてきたのだ。祇王の転変はそのまま自分の転変であり、彼女たちの悲涙を思うと、同じ野の草であるというなつかしさに耐え切れなくなったのであろう。

それにしても、四人の尼たちは往生の素懐《そかい》を遂げることを何よりの願いとしている。浄土思想がゆきわたって、今生を穢土《えど》とし、早く浄土へ生まれたいと、死を往きて生くこととして期待したのだ。

この世が穢土であることは、現在だってひしひしと実感できるけれど、かといって死後に浄土が存在するとは思えない私に、春、やわらかに萌え出る若草のいろは、なんともいえないよろこびだ。

この、雪の下に、あったかな土があって、土はいのちの種を豊かに抱いている。だから雪が消え土がうるうると艶をみせはじめたかと思うと、すぐにうっすら緑をおびる。そしてその緑は、ぐんぐん羽毛のようなやわらかな葉を茎をのばす。早春の清らかさは、寒風と若草にある。豊艶の春風はなまぐさくていや。人疲れ花疲れに心重い春の日よりも、甘えを許さぬ冷えと未来をこめた萌芽がさわやかなのだ。

この嵯峨の草庵で、思いみる四人の尼と老庵主の姿。なんといってもいちばん若い仏御前が、もっとも求道心あつい善知識だと思うけれど、それはかつての時代なればこそ。同じ権力者の「不思議の事」も、いまは世界的規模にひろがり、それゆえの民衆の迷惑も憤りも、深く大きい。

愛もないのに権力者の妾になることなど、女性にとっては自分を侮辱するもはなはだしいことである。現世が限りあるいのちでしか味わうことができず、また、目をそむけたいほどの穢土であるからこそ、穢土を楽土にしたい願いでいっぱいだ。

密偵をはなち、人を流し、法衣の下に鎧をきこんで権勢の限りをつくしても、騒動につぐ騒動、謀反につぐ謀反。平家物語は天下のみだれの因縁話をあかずとききかせる。どんなにつらくても、すでに存在してしまったからには、みずから存在することの意義を考えだし、つくりだす以外にないのであろう。

いたずらに男たちの立身出世の手段につかわれ、享楽のいけにえとなり、ふみにじられた女人たちを思うとき、いまは、かつて思いもできなかった天下のまつりごとの場に、おそろしげもなく参加している女人たちを思う。

一時間あまりも端座していた草庵の冷えは、指も動かぬ私にしていたが、心はなにかたのしかった。小倉山一帯は雪煙で、美しく晴れるかと思うと、ふたたびかすんでしまったりしていた。

誰かとどめし

……………………『源氏物語』浮舟

■恋着ゆえに

二人の異性に、求愛の取捨を迫られて、いずれあやめか、かきつばた……と迷うのは、男も女も同じ思いである。どちらか、すこしでもより多く自分の心に叶う人が決まればいいのだけれども、こちらも良し、あちらも良し、そのどちらをも棄てかねるときは、まったく苦しいものだ。いっそ、その二人から同じように遠ざかるか、三人のうちの誰かが消えてしまうかしなければ、三人ともひどく傷つく。

二人の若者の求婚に死を選んだ少女の伝説は、各地にのこって、あわれは、選択のむずかしさをしみじみと思わせるものがある。私たちは、異性に限らず、次つぎと選択しつづけて生きているわけだ。その選択の結果によって、心の願いとは別個に幸、不幸が決まってゆくのだからおそろしい。

み仏の施無畏《せむい》の印、右手のてのひらをまっすぐ前方に出している形は、われら衆生《しゅじょう》のもろもろの恐怖をおしとめる意味をもっているのだそうだが、私たちの恐怖のほとんどは、すべてを「選択せねばならぬ現実」にかかっているのではないだろうか。

好きなものを食べれば、それぱかりでは身体にわるいのではないかと不安になり、うっかり使った言葉で、ひどくみじめな思いをする、もう、一瞬ものばすことのできない、否応ない選びの場がいつもつづいている。絶体絶命の一瞬のうちに、あれか、これかを決めてゆかねばならない。

とくにそれが、異性への態度となると、自分ひとりのいのちにかかわらない。しかも、まだはっきり、自分でも思いの決まらぬ先に態度を決めなければならぬことが多いから、おそろしさは極まるのだ。

無垢の少女が、裸の自分を渡してしまう相手に、いいようもない差恥と期待と不安を抱くのは当然のこと。けれど、すでに男性をわかるようになった女が、二人の異性のどちらにも心ひかれてもだえるのも、ほとほとしんどい話であろう。憎悪、嫌悪、怨恨の傷ならば、まだしも癒えることがあるかもしれないが、愛慕、恋着ゆえの傷は、時の流れも、人の情も、かえって傷口をぽっかりとひらけてゆくばかり。愛の感情を美しいものとは到底考えることのできない、すさまじい様相を示すものだ。

浮舟は、思いつめて死ぬ。いや、死のうとする。ただひとりの人に思慕をかたむけて思いつめたわけではない。すでに薫大将の愛を受けているのに、匂宮《におうのみや》のひたむきの恋に、心そぞろにまよう自分に苦しむのだ。女にとって、男の折り目正しい誠実な愛は、何より貴重な安らかな喜びなのだが、われをわすれてとりみだした男の恋の前には、つい危険を忘れてほだされがちになるから始末が悪い。

ちゃんとした、大好きな青年と恋愛結婚してうまく仲よく暮せていても、他の男性にも美しく思われたい、自分の魅力をたしかめたい気持があるとか、たいそう不安定なものである。

女性はもともと「跳められる自分」を意識して生い育つ。うっとり鏡にみ入るときも、そこに眺められる自分を、人の目と自分の目の二重眼で、鑑定する。いつも、みられている。そのことに気が散って、なかなか、相手の正体を見ないのが困りものだ。そのため、どんな軽薄な男の、ひとときの戯れからのものにもせよ、自分に熱中してくれる男に弱いのかもしれない。

浮舟は、その意味では薫君《かおるのきみ》に最初から不満を抱いたはずだ。薫は「大姫君に生きうつしだから」ということで浮舟に心を動かす。大姫君は宇治宮の一の姫だが、結局、薫の思いをうけ入れぬままに早死してしまった人。そのおもかげをしのんで、浮舟を愛したわけだから、その愛がたとえ、至れりつくせりの形をとっていたって、あまり女心はときめかなかったろう。

浮舟は大姫の異母妹で、低い身分の者の腹というハンディキャップがある。身分階級によって愛人の位置を決めたそのころの貴族の愛は、今より以上になま身のふれ合い以外には、信じられるものはない。だからこそ、宇治の山住いをおとずれる男に、その心にどのような計画があろうと、おとずれの少なさをうらまずにはいられない。

ましてそれが、大姫のおもかげを抱きにくるわけだから、なま身のふれ合い自体に、むなしさがつきまとう。

愛人の身代りを得た方は幸福なのだろうが、身代りにされた方は、なんだかつまらない。どこか、いちばん大切な鍵がはずれていて、そこからはすき間風が心にふきつけてくる。しっかりと抱きしめられる瞬間、それが他のおもかげを夢みての愛撫だと思えば、冷え冷えと心がしらけ、なんともいえない、自分への嘲りがわいてくるのは仕方がないだろう。

■歓喜と絶望と

なんといったって、女は「自分そのもの」を熱愛してもらいたいのである。「自分にのみ備わっているところ」をよく見いだし、賞め、いつくしみ、尊んでくれる相手によって抱かれたいのだ。

匂宮は、その意味では浮舟を、たれかの身代りとして愛したわけではなかった。大姫の妹、中姫をすでに手に入れていたにもかかわらず、浮舟自身に矢も楯もたまらぬ恋を募らせたのだ。

もっとも、浮気性の匂宮である。自分でも自分の浮気心をとりしずめることができないのか、みっともないほど衝動的に行動する。それは、どの女にとってもはなはだ迷惑な、破滅の淵においやられることである。匂宮が次つぎと、自分の心を満足させてゆく反面、多くの女たちは宮に忘れられる悲しさを味わっている。

だのになお、宮をとことん悪く思えないのは、たとえひとときにもせよ、激しく熱中されえた女のよろこびを知ることができたからだろう。やはり、この満足感は、それによって女を充実させ、深い自信をもたせることができるのだ。

女は、どんなにささやかな自分の部分をでも、それをちゃんとみとめ、大切にしてくれる男を、悪く思うことができない。

浮舟が、彼女にはすでに薫という者があるのを知りつつ、また、中姫の異母妹であることを知りつつも、なお、恋情抑えかねて危険な山坂を越えた匂宮に対して、「なんと軽薄な」と、ひそかに不安をもちながらも心どよめいたのは、よくわかる。

女が、他の女に似ているといわれて喜ばない心理を、考えようともしない薫君は、浮舟を燃え上がらせはしなかった。薫の来ないひと夜、薫をよそおってくらやみまぎれに彼女を抱いてしまった男が、匂宮であったことを悟ったとき、彼女は、一瞬にして新しい歓喜を知る女、そして絶望をも知る女になってしまったのだ。

源氏物語宇治十帖は、宇治川の激しい流れにも似てただならぬ、女心のとどろきを描いている。血のざわめき。揺れうごく心。同じ女として同じ急流の水の音を、体内に感じないわけにはゆかない。

はた目をわきまえぬほど浮舟を抱きあげ、小舟に移して対岸の小屋に移った匂宮の腕の中で、心をつくしてかきくどく宮の心に、ついついせつない慕情がこみあげる。ひとりいて、薫を思い匂を思い、あれかこれかの選択に、耐え切れない自分のあさましさに突き当るのだ。

ほんとうは浮舟があさましいわけではなく、身分や生活の安定を、男によって得なくてはならなかった女のありかたが、この選択をあさましく思わせるのである。

薫を失えば、一生の安心がなくなるのがさびしいし、かといって匂を失えば、気の遠くなるような陶酔を去らねばならない。匂は、一生の安心をさせてくれる男ではない。だから、女の身体が、純粋に「これは男性なのだ」と思えなくて、なにかいつも、余分のもの、世間的条件のくっつく評価をしている。

薫の人柄への尊敬は、絶え入るような恋情とは遠いし、かといってどんなに惹かれても、浮気性を尊敬し信頼するわけにはゆかない。それでも女ごころは「いままであっていた女たちは、みんないやになってしまったような気がする」という宮の言葉を、ひょっとしたら本当に、そのように深く打ち込んでいられるのかもしれないなどと思う。

また、さまざまの女たちを通過して、それゆえに真実さっぱり過去をたち切る真情になりうる場合もあるだろう。

■川の流れに思う

宇治橋にたって下をみると、案外しずかな流れのようにみえる。けれど、橋のえくぼのような三の間のらんかんからのぞきこむと、やはり相当に足の早い水の流れである。ダムをつくり、発電所が建っているから、川の流れは昔の姿ではないのだが、ところどころ、白く泡だち、かつての姿をしのばせる。

数年前、宇治の川ぞいに宿をとったことがあった。その夜は一晩中、高い川音が耳につき、浮舟がその川音にさそわれるように身を投じた思いや、こんなおそろしい川のそばに可憐の女を放っておく男をうらんだ、彼女の母の思いをなぞって考えたことだった。物語の時代は、先陣争いの故事よりもさらに古い。紫式部は宇治川のほとりにたつたびに、とどろく川の瀬音に彼女自身の女の血をも意識したのにちがいない。

古来、この激しい川を渡ろうとして、どんなに多くの人馬が流され、その命を失ったことか。弘安九年（一二八六年）、宇治橋が架け直されたときに建てられたという、浮島の十三重の石塔が、今も重厚な美しさをみせている。これは人馬の霊ではなく魚霊をまつったものだそうだが、なんのうらみからも救われて、無事に渡れるよう、橋の健全を祈るためであろう。

橋ははじめ、素朴な丸木橋、釣り橋などからはじまったのだろうが、この急流に、脚をたてて長い橋をつくるのは、たいへんな難工事、千三百年ほども前に、すでに宇治橋が架けられたという歴史を知ると、当時の文明文化の度合いがわかるようだ。

架けるためにさえ、おびただしい人命は失われたことだろう。人柱をたてないと、すぐ流失して工事が完成しないという伝説も、つい近世までのこっていた。まして、人間の、女の心は、急流にまきこまれてその行方を失う。命を失う。橋建築の技法は進歩し、急流はダムに力を弱めても、女の川はなおも変らず、うっかり気をゆるめると、たちまちおし流されてしまうのだ。

深夜の駅について、郷里の川に身を投じようと走りだした少女の後から「早う飛びこめ」と警官の半畳がはいった。彼女はふと、がっくり気をぬかれてすわってしまったという。愛した青年は煮え切らず、愛してくれる青年には、こちらが煮え切れない。「結婚する気がないのならば、だらだら交際することはないのに」と、はたは心配するが、彼女はその青年の求愛で、なんとか自分を支えていたのだ。

思う人から、思う言葉をきけないさびしさ、くやしさが、好きでない人からの愛の言葉に、わずかになぐさめられるあわれさ。そんなにまで求められ、愛されているというなぐさめで、なんとか自分を力づけてきたものの、それではどうにもならない根本的な不満が、みずからを「価値なき女」と決めさせてしまった。

身を投げし涙の川の早き瀬をしがらみかけて誰かとどめし

浮舟が命を救われたことをかえってうらんだように、彼女もうらみ顔である。彼女は自活して働いている近代女性だから、べつに経済的なあてにして人選びをしているわけではない。けれど、たまたま、運命的な恋を感じて接近した相手があったのに、相手にとって彼女は、ただ積極的に近づいてきたひとりの少女にしかすぎなかったようだ。

自分の選んだ相手が、自分を選ばなかった無念さは、先方は選んだのにこちらは選ばない、いじめかたで、返してゆく。それは、第二の男性に、自分が第一の男性に味わわされた思いを、知っていて味わわせる残酷さでもある。

「自分の不明、不運を、次の男性におしつけるなんて、卑怯だし、気の毒じゃないの。もうそんな犠牲者をつくらないで、どちらからも遠くなったら」

と、すすめる。けれど浮舟にならば、ちょっといい言葉がでてこない。二人の男にたちまよう女の思いはかわらなくても、その男、その女の生きかた、ありかたをきめている時代そのものが、現代とはあまりにちがっている。

宇治上神社《うじのかみ》は、平安朝の遺構と伝えられる国宝。そのなにげない小さな寝殿づくりの拝殿をみていると、その中で暮した人間たちの生態がいろいろに想像される。独立した部屋が少なく、広いホールに几帳をたてて、ねむるのも夜着を上からかける程度だったのだろう。畳表をしいて、ほのかな灯の光で、などと思うと、とてもさむざむしい。

高貴の男女の睦言も、できるだけ端近《はしぢか》に眠っているにせよ、他の女房たちに、すこしはきかれることに慣れていたのであろうか。それとも、男が渡れば、他の局《つぼね》へひきさがって、広い板の間にたった二人でいたのであろうか。

いずれにしても、一人あたりの空間は、ゆったりととれる広い邸、しかし広間の生活では、見て見ぬふりのエチケットや、どんなところを人にみられても優雅さを失わないたしなみが、尊重されたことであろう。

この境内に、宇治七名水のひとつ、桐原水《とうげんすい》の湧きでる水屋があった。透き通った清水は、長い歳月にたまった水垢をもはっきりとみせている。こぽこぽと、ふきでている泉をみると、自分の家の庭に、こんな美しい泉があったらどんなにしあわせだろうかと思う。何をもあまりほしくない私なのだが、この小さな寝殿と、清らかな名水には、その中で暮してみたい気持にさせられた。

熱海のお宮の松ではないが、はじめっから物語と知れている宇治十帖の遺跡が、あちこちにある。しかし、あまり気にとめる人もない。ただ、蜻蛉《かげろう》石といわれる一石には、線彫の阿弥陀如来がきざまれているのが、ぼんやりとみえている。左右にも観音、勢至《せいし》が彫られているらしいが、ずいぶん薄くなっていて、手さぐりでもわかりにくい。けれど藤原時代からのこっている石とは思えないほど、崩落がない。浄土信仰はその後もずっとつづいているのだから、すこし時代の下ったものかもしれない。

昔の人はこんなにさわったりしないで、野中の仏石にひざまずいて祈り念じたことであろうに。その謙虚さをなくしている自分を、ふと異様な者のように思う。そういえば、

ありと見て手には取られず見ればまた行くへも知らず消えしかげろふ

と、大姫や浮舟のかげろう性をなげいた薫の歌にちなんで、蜻蛉野と名づけられていることの原。どこの野原もどんどん野原でなくなりつつあるご時勢だが、ここも、あたりはいわゆる文化小住宅がずらりとたち並んでいる。その一軒一軒に、灯がともりはじめ、はや宇治は夕闇に包まれてきた。

車をはしらせて宇治橋にもどる。川面の白い波頭が、夕闇の中に冴え、朝からなにものどを通していない私に、どんどんうちよせてくるようにみえる。

平等院の鳳凰堂は、あまりに繊細華麗の趣向をこらしていて、定朝形式の阿弥陀さまも円満すぎて、すこし退屈。野性的な私にとって、川に迫る左右の小さな山やまの姿も美しすぎるようで、結局、音たてて流れる激しい川にのみ、あこがれてやってきたことになる。その川に身を投げて、助かった女の笹舟のように軽い身体と、はてしなく重い生きの悲しさが思いやられる。

■純粋の愛の形

「世をうぢ山」と、宇治に住んだ古人たちは、かならず、宇治を憂しにかけて詠んでいるけれど、憂き世は宇治だけではない。

その憂さを払わんとしてたち上がった山本宣治《せんじ》氏のお墓は、川を見おろす丘の上にある。久しぶりに、黒いからすが群れているいかにも墓場らしい墓場にたって、蜻蛉阿弥陀石に合わなかった手が、自然に合わさる。

数え年四十一歳。産児制限を主張していた人の浮舟観は、いかがだったろうか。貴族の恋模様なんて、およそくだらぬ遊びごとだとして、問題にもされないであろうか。

「生きていてね。すこしでも長く生きていてしなければならないことが、とても多いじゃないの。それを自分からうしなおうとするなんて、わがままだわ。『誰かとどめし』なんて威張らないでよ」

いくら、いっそと覚悟はきめても最後の瞬間、働いている仲間たちを裏切るうしろめたさは感じられないのだろうか。どんなに多くの仲間がいても、ひとりひとり、別個の苦悩をしょいこみ、それと闘って生きてゆかねばならない。甘えてはいけない。ほかのことはいっしょに耐えてゆくことができるけれど、恋の、愛の、人間感情の断層だけは、共同の力をもってしても、どうにもならぬものがある。誰も人に、感じない愛を感じるよう、強《し》いるわけにはゆかない。

だからせめて、浮舟が浮草のように、心をきめかねた時代背景を進展させてゆかねば、純粋の愛情か否かが、判然としないのである。平安朝よりはすすんだ生き方をしているはずの現在も、私たちはなににつけても本質的条件を忘れ、客観的な条件による価値判断をくだしがちだ。

だから、選択にあいまいさが加わる。合理性ということばが、本質の上に適用されない。

本質をあえて無視しても、客観条件の調和をはかり、経済的階級的昇進の道を考えることが、いわゆる合理的な判断というわけだ。

本質的な内容の調和をこそ、合理主義者の理想とすべきものであろうに、いまの社会的条件は、それを不合理なものと決定する。働かないでいい立場の男女の愛こそ、純粋の愛の姿だと思うひともあるが、私は、働く者同士の愛こそ、その間の愛の矛盾や悩みこそ、純粋の愛の形として追求していいことだと思う。

しかし、その働く者が働くことに疲れ切り、あえいでいる間は、愛が純粋な姿をみせないのが当然なのだ。疲れからのがれたいと願うのは自然な本能である。みんな働くことが人間としての誇りであり喜びでありうる環境がととのったとき、はじめて働く者同士の愛は、本質的な究明に耐えるだろう。それは個人の能力をのばすことであり、個性を尊重することである。

個性や能力の殺される職場の多い現実では、すこやかな愛の育成も、愛の否定も、愛の選択ものぞめはしない。ほんとうに、不純とはいえない愛で、気に入った二人の異性を同時に愛することができるかどうか。それは女だって同じことなのかどうか。そのたしかめも、それからのことであろう。

今はとて

…………………………………………

『竹取物語』赫映姫《かぐやひめ》

ひどい蠛蠓《まくなぎ》の群だった。

気軽な運転手さんが、あたりの笹枝をむしってきて、はたっはたっとなぎ払ってくれるのだが、目の前に近々と群れとぶ黒い粒のような糠蚊《ぬかか》は、数を増す一方である。

「あ、ちょっとみて下さらない。目にはいったようだけれど」

若者は私のまぶたにまきこまれた蠛蠓をもうまくはずしてくれた。竹取の翁、讃岐《さぬき》の造麿《みやつこまろ》（岩波文庫版、島津久基校訂）も、このようにおびただしい蠛蠓に襲われながら、竹を切りだしていたのであろうか。もうすぐ、するどい藪蚊もでてくる季節。

■なよ竹の姫の心

この世のものとも思われぬうるわしのおもかげ、『竹取物語』なよ竹の赫映姫《かぐやひめ》を夢みて、私は明るい竹藪におりたった。しかし、さて、足を踏みいれてまず感じるのは「今は昔、野山にまじりて、竹をとりつつ、万《よろ》づの事に使」ったという、竹取の翁の労働のつらさだった。手足を刺され、虫を吸いこみ、こごえたりうだったたりしながら、それを気にせぬほどに馴れ働いていていた貧しい男は、ある日ふしぎの一女を得たのだ。

雨後である。

清らかに晴れた太陽が藪の上にきらめいている。やわらかな土をもたげてまろく、ふくぶくしい筍が生《お》いでた竹林は、適当な間隔をもって奥ふかくつづく。孟宗竹《もうそうちく》の太い美しい幹が、綺麗な線と陰をつくっている。どこまでも明るく、静かで、そして繊細な気配にみちている。空のかなたで、さやさや、さやさやと敏感な葉のすれ合う音がする。のこんの雨気を追いはらう風が、いま、この竹藪を渡っているのだ。

こんじきに光る竹の、筒の中から美しい女児を得た竹取物語を、知らない日本人は少ないであろう。氏素性知れぬ女児をいうのに、竹の林を考えた人の心の気高さ。まったく、他の何木の林でも、話はみょうに陰惨になる。杉小立でも松林でも、白樺林でも困る。ふしぎの子が、木の間を流浪しているのでは、地につきすぎ、みじめすぎる。

竹は、うるわしの子をみごもるために、芯を空にして存在したわけではないけれども、彼女は竹の真空地帯に「菜種の大《おお》き《き》さ」で輝いていた。灯をともした燭台のような菜の花にたとえられている春の幻想に、彼女自身に揺曳《ようえい》する花明りが匂いたつようだ。

男は竹細工にたくみであった。武骨な手で、けれどきっと心をこめて、ていねいに編んだ籠に小さな児を入れて、明け暮れ、いとしみ育てた。竹は、ひどく直線的な植物でありながら、同時にいともしなやかな曲線の持主だ。

子という、愛くるしい者を得たよろこびに、竹取はいっそうせいだして竹を切りだし、よく働いたにちがいない。そしてぐんぐん美しく成人した女子に、三室戸斎部秋田《みむろとのいんべのあきた》という宇治のあたりにきこえ高い神官を招いて名をつけさせた。すでに竹取の翁は「勢猛《いきおいもう》の者」になっていて、この「なよ竹の赫映姫《かぐやひめ》」の名づけ祝いは、三日つづく盛宴だった。

どういうわけだろう、全女性のあこがれの的であるはずのかぐや姫だが、私はいくら想像しても、その風姿を目にうかばせることができない。

面白いもので、どうやら姫がうかんでこないのは、現代の女性が、はっきりと面かくす必要なく、あきらかな形で暮せているありがたさにあるようだ。美女の裸体を、いくらでもみることのできる時代には、竹の香気と清純と天使性をもって、しかも光り輝く美女という感じがピンとこないのだ。

しかし、容姿の目にとらえがたい非現実性にくらべて、その性格には、同性として腹がたつほど驕慢な、それだけにヴィヴィッドな心の動きを感じとることができる。想像もできないほど神韻にみちた玄妙の美女の考えとしては、いささか品の悪いからかいがある。それが、へんに彼女を現世の女《おんな》染《じ》みさせる。

男たちが、世にも名高い美女を得んとして、あくせくする姿も、からかい根性がないわけではない。「ひょっとしたら」「なんとかうまくこしらえて」と、心をくだき策をめぐらす男たちに、むざむざ自分を奪われないためには、とことん難儀な注文をするより方法がないのかもしれない。

けれど、難題にも知性的なクイズや、合理的な解決がなくてはならぬ。だのに「天竺の石の鉢」「蓬萊《ほうらい》の玉の枝」「火鼠の裘《かわごろも》」「竜の首の珠」「燕の子安貝」など、この世にあらぬものをそれと知りながら、目の前に持て来よと命じるいじの悪さ。こんな注文を誠実に受けとめれば、どんな苦労をすることになるかわからないのに、苦労する相手への気づかいはない。

「心を動かしえない自分」を「ひたむきに求めてくる人」に対する、「ごめんなさいね。こんなに、私を求めて下さるのに、私はそれにお応えする気がないのです」という同情がない。この求愛者をせせら笑うような冷酷は、やはり天上界出身者という思い上がりからではないか。

同じ変化《へんげ》の身体でも、花や獣の出身では、どう身をくだいて相手をよろこばせようかと努力している。ひとつには出身界、ひとつには変化して顕現した時代の、女性の位置にもよる。時代が下るにつれて、女性は男性の便利のために忍従せねばならなくなっているが、奈良朝、平安朝初期は、まだ女性への崇敬が、当然だった。

崇敬されたことはよいが、それはデリケートな女身《にょしん》のうるわしさだけでなく、思いやり深い心情の主としても崇敬されなくてはならなかった。せっかくのこのかぐや姫も、ただこの男たちにのみ、現世《うつしよ》の女性としての満足にみちたからかいをしているのがおもしろいが、生《な》さぬ仲の竹取夫婦や、家の者に対しては、見ているだけでしんどさを忘れさせるほどにやさしかったとしるされている。

■「今は」のきわに

それまであまり深く心にのこっていなかったかぐや姫に、ふと気持が近よったのは、数年前、自分のいのちの打ち切られるべきときを、今日か明日かと思い迫ったことがあってからである。美女でも才女でもない女のいのち、はためからはなに生きようと消えようと、おなじことにちがいはないが、それが、自分のいのちとなるとやはり……言葉がない。思いが迫る。

常識の中の矛盾に納得できないくせに、常識の中の普遍性、永遠性も捨てがたい自分のわがままがこうじて、そのわがままに疲れて消える決心をしたときは、正直な話、なにが人間愛であろう、他愛であろう、大好きな母でさえも、私の自由をはばむ束縛ではないか、私のいのち、私の希望を食べてご満悦な鈍感なる善意者ではないかと、激しい気がして仕方がなかった。はた迷惑であってはいけないと、しょっちゅう自分をたしなめてきたけれど、なんのこったい。みんな、人の迷惑にならないで生きてゆくことなんか、できやしないじゃないかと、心の中で駄々をこねていた。

そのときは、消えるにしても、誰にも言葉をのこして、別れを告げる気はなかった。ふだん、言ったり書いたりしていることが、すべて私の気持である。いまさら、別れを意識して、なにうれしそうに、人にいいのこすべき言葉があろうかと、ただ事務的な終末後の手続きをのみ用意していたのだ。

けれど、私の用意が終了しない前に、かえって思いがけない事故で、私のいのちがあぶなくなったのは意外であった。そのときほんとうにはじめて、私は自分のいのちと、自分の意志でなく別れねばならない現実をわきまえ、わがいのちをいとおしんだ。よし、私は希望しない病気や、他の力やらによってほろぼされるまでは、なんとかして生きていよう。いつかは、否応なくひきずりこまれねばならぬ消滅の淵。それは覚悟してしかも、とことん奪い去られるまでは、いやな自分ともむかい合ってゆこう。

いやな奴でありたくないという自分の虚栄心が、私を自分から去らしめようとする。老いて醜くなってゆく自分、悲しみ憤りながら、なんの役にも立たぬ自分、正しい拒否の勇気のもてない自分、それに、自分が被害者ではなく加害者であるいやらしさが、どこにも逃げ場を与えぬきびしさで、私につきまとっているのだが。

今はとて天《あま》の羽衣著《き》るをりぞ君を哀れと思ひ出でぬる

かぐや姫は、現世の意識を捨てる瞬間、三年間彼女を思慕してきた帝に、甘いやさしい言の葉を書きのこした。「今は」のきわの、これは心からなる挨拶である。恩愛の別れを翁、嫗《おうな》に、恋の別れを帝に、さすが、相手のかなしさを思いやる姿勢をみせている。

すこしも早く天の羽衣を着せてしまおうとする天人を、しばらく待たせておいて「いみじく静かに」別れを告げることができたのだ。権力の帝、財ある翁、力ある兵士《つわもの》二千人、それよりもいのち絶えるまでと、ひしと抱えた嫗の手からもするりとすべりいでて、かぐやは人力のおよばぬかなたに行ってしまう。

「さようなら、ありがとう長い間。この私を大切にして下さって。お別れしなければならない今、どんなにかお心づくしを、ありがたく思っています。あなたを大切に思っています」

無理に宮中へ連れてゆこうとすると、たちまち「きと影に」なった勝気の姫である。帝は幾たびか手古ずったり、悩ませられたりした。けれど、たとえいじ悪く翻弄されてもいい、かぐやがいることに、心の中心を支えられていたよき見物者たちは、いっせいに嘆き切ながった。

いまさらにこの、魂離るるようにつらい思いをしないですんだのは、すでに、かぐやにへんな試練をうけ、心身に深手を負ってみまかったり、行方しれずになってしまった気の毒な男たちだった。

「あなたは、今はというときになったら、いったいどうなさるかしら」

と冗談にまぎらしてきいてみても、なかなか、何も事の起らないうちにそんなことを考える人はいない。実際、自分だけは未来永劫に生きているように思いこんでいないと、とても暮せないという。いつか、自分が死ぬなんて考えると、こわくてこわくてたまらない。死ぬのはいやだな。まったくいやだな。

私は、自分の意志で去ろうと思ったとき、あまり後髪をひかれなかったが、さて、強制的につき落されるときはどうであろうか。心から「物知らぬ事な宣《のたま》ひそ」と頼んで、静かに別れを告げることができるだろうか。とてもそんな悠々とした名残りを惜しむ余裕なんて、持てないことであろう。たとえ、今はというときに立ち至ったら、こういうこと、あいうことを言いのこしておきたい、それを、今はでない時期に言っておくことは、意味を失う危険があるから……と、心に用意はしていても、そんなにうまく事の運ばないのが、悲しい。

■去りゆく者の哀感

今日も、長らく会わなかったなつかしいお友だちの急死のしらせに、私は声を失った。ふだんから、思いがけない別れのために、悔いをのこさないように努力はしているつもり。ともすれば、歪みがちの人間関係の中にあって、悔いをのこさないということは、できる限り、相手に対して誠実を尽す以外にはない。力の限り誠実にむかってさえいれば、その結果がどうなろうとも、悔いはのこらない。

だのに、この友だちに対して、不徹底な態度であった私は、その永遠の別れがひどくつらい。どこまでもやさしかった人を、まるでずるい人であったかのように錯覚し、当然払わなければならない尊敬と感謝を怠っていたのだ。

もはや、その無礼をわびる機会は、つかまえるすべもない。前夜、元気に寝床に入り、朝早く、家人の気がつかれたときには、すでに冷たかったたときくに、胸がつかれる。

こまやかな心の人で、さぞ死の一瞬、ああと深いこころもとないさびしさに目をとじられたことだろうに。

母も、気がついたらもう人の世にはいなかった。冷えゆく手を握りしめて、「ほんとにご苦労さまでした」と、ねぎらいの涙があふれてくるのは致しかたなかったが、毎日、母がすこしでも元気に、たのしく過せるようにとばかり、気をくばってきたからか、思ったほどのとりみだしかたをしないですんだ。へんに別れを告げるそらぞらしさがなかった。

だが、自分の意識が消えることを悟ったとき、心の奥底で「ぜひひと目、もうひと目」と、会い、語ることを熱望する人がないわけではない。

もし、こちらに不意に電話をかけてこられて、今はの挨拶をされたりしたら、どう狂おしい気になるだろうか。そんなことはまっぴらおゆるし願いたいが、私の方にその機があるのならば、なにげなく声をだけきき、相手の話をきくだけはしておきたい。超越しきったようで、なおも超越しきれぬ、去りゆくものの哀感、最後にのこった執着のひとしずくである。

が、いよいよの覚悟を強いられるとき、誰に助けをよびようもない〝愛〟の孤の姿も自覚された。私自身がいちばんこわい、心細い思いをしているとき、いいかえれば、もっとも味方に身近に来てもらいたいとき、かえって誰にも助けを求めることができないのだ。ひとりほど気の楽なものはない。ひとりでさえいれば、他者を自分の不幸にまきこむおそれが少ない。

守ってあげたく思う大切な人びとを、私の渦にまきこむのはいやだし、かといって信じていない人に救われるのも、あとが困る。肉親は、肉親としての愛情はあっても、説明しようもない思考の遠さに途方にくれる。べつに、防ぎようもない危機を話して、いたずらに気をもませるにおよぶまい。

しあわせは、ひとりでも多くの人びとといっしょに味わいたいが、苦しみはひとりじっと耐えるしかない。人に訴え、ともに闘ってもらえる不安や恐怖は、そうしなければいけないが、個でうけとめるより方法のない、はたにおよぼさないことで仲間を守る努力がある。

「もうすこし待って」と頼んで、絶対の瞬間をのばしてもらえるものではない。

■夕富士と竹藪

もう二十年もの間、いまかいまかとお迎えを待って、形見わけばっかりしていらっしゃるおばあちゃまがある。八十六歳にもなられるそうだが、いつお会いしても、古いお雛さまの面をみるように底光りのした美しさだ。

「もう、あんさん、待ちくたびれてしまいましてなあ」

お声もはんなり。ご自分の最後の用意に、老醜とはおよそ縁のない愛らしい様子である。

昔は、天人たちの舞い遊ぶ姿を、勝手に思い描いていた天空を、自由にとびまわることのできる時代。地上はどんよりと曇って、冷たい雨もふっていた春の夕暮、ひどい風にあおられるようにとびだした小さな飛行機は、たちまち雲にとりまかれてしまった。

この、どこまでもどこまでも、はろばろとつづく白雲。みっしりとやわらかな波を打ちつづけている厚い雲層の見事さを、なんといったらよいのであろう。白い雲の描く大小の輪郭は、紫、青、黄、朱、紅その他、幾段階もの濃淡に深められて、このまま、なみなみと飲み干したくなる。まさしく、かぐや姫の繊麗きわまる足のうらが、そっと踏むのにふさわしい幻雲だ。

須臾《しゅゆ》にしてふき散る雲のある一方、こんこんとつきせぬ雲の群がうまれる。そのダイナミックな雲のせかいの向うに、ふと気がつくと、夕富士がほうっと浮かんでいた。汽車ではとてものぞめない天候で、これは思いのほかのうれしさだった。山の高さと、機の高さとが、ちょうど同じくらい、ま正面に、すでに煙を納めた山頂が、しずかにうす紅に染まっている。富士に届いていたあわい夕茜《あかね》が、そのそばを通りすぎる時の間に、みるまにぐんぐん青ざめてしまった。

かぐやを心にして飛ぶ。地面を密封した白雲のせかいと富士の頂きに、ひらひらとび下りたい親しい思いである。

「駿河《するが》の国にある山なむ、この都も近く、天も近く侍る」

との奏上により、かぐやの形見の不死の薬壺を焼かせられた山嶺である。竹取のころは、朝廷の機構もととのい、百官の位階も定まった御代《みよ》であったろうが、それまでも、どこの誰とも知れず存在した人間たちは、朝な夕な、表情を照りかげりさせる富士を眺めつづけてきた。

日本最古の物語が、いまも日本の象徴である富士と、竹藪の舞台装置であるのが微笑ましい。いくら目をぬぐって、もっとよく見つづけようとしても、やがて富士ははろかな夕空に、ひとひらの雲のように溶け消えてしまった。

それは、長い間、人びとが死後の世界として思い描いてきた国のような感じであった。

人越えやすき

……………………『枕草子』藤原行成

■関はゆるさじ

逢坂山《おうさかやま》の関所あとは、やはり現代の関所になっていた。

関所ときけば、なんだかぎっくり。

べつだん、やましいことのない人間でも、ふと、いきがつまる。有料道路のゲートでさえ、面倒な気がするのだから、こちらが客でないときの関所なんて、気の重いものだ。

東海道をはしる国道一号線。京都をでて、山科をすぎると、すぐに峠にかかる。一日に四万台とかの自動車が通るというこの峠の検問所は、若い関守が二人、いつ鳴るともしれぬ非常ベルに待機していた。

次から次へ、大型トラック、生コン車、観光バス、乗用車。……ひっきりなしにつづいている。坂をのぼり下りする車列の重いひびきが「ものしずかに荒れている逢坂関」を想像してきた私の夢をさますように、身体に伝わってくる。現代の音である。

検問所のすぐ近くに、逢坂山関址《せきあと》と彫った石がたっているが、これは一九三二年（昭和七年）五月建之滋賀県知事新庄祐治郎書とあるばかり。とくべつに関の由来の裏書きはなかった。

抑《そも》逢坂の関を始めて置給ひしは桓武天皇の御宇《ぎょう》なれば

近江国輿地志略《おうみのくによちしりゃく》には、孝徳天皇の大化二年（六四六年）、畿内の北限をここに定められ、塞を建てられたのではないかと書いている。桓武《かんむ》天皇が平城京から平安京にうつってきて、その京の都の守りに、この関を重視したのは当然だろう。それ以後、鎌倉、室町、江戸、どの時代をとってみても、この関はいよいよ重大な関であったのにちがいない。

けれど、昔とは全然、地勢が異なっていて、旧態はのこされていないようだ。関のあとはまったくなくなり、この石碑もやっといまから、三十一年以前に建てられたもの、県の観光課が歴史的な意味を考えて、めじるしをつくったのかもしれない。

検問所のそばに、深い車のわだちが、自然に彫りこまれている石がのこっていた。これは昔……といっても国道ができるまでの坂道にしかれた石だたみの一部で、米俵をつんだ重い車の上下に、いつとはなく凹みができたものだという。ガラガラと、たかい車輪のきしむ音がきこえてくるようで、昔の狭い一本の街道が、どんなに大切な運搬ルートだったかを思わせられる。

逢坂山は、伊勢の鈴鹿《すずか》、美濃の不破《ふわ》とともに三関のひとつ。それにしては変転や盛衰が多くて、名ばかり高い実情であろう。「この国道も、もう斜陽ですね」とのこと。昔の、たった一本の道だった時代でさえ、関破りはあったものを、他の街道や鉄道、すぐ近くを名神高速道路が走って、一号線はひところにくらべると通行量も落ちているそうだ。

昔は、深夜の通行をとめたので、一刻を争う目的をもっていそぐ者は、関でじだんだふむこともあったのであろう。通行手形の有無をたしかめ、手配の犯罪者の人相書とてらし合わせての人あらため。お役人は伝統的な威光をひけらかせてみせたであろうし、袖の下ほか、さまざまに関破りの方法も考えられたと思われる。

夜をこめて鳥のそら音ははかるとも世に逢坂の関はゆるさじ

と清少納言。『枕草子』一三六段の藤原行成《ふじわらのゆきなり》との歌のやりとりは、あまり和歌を尊重せず、散文ばかりで描写している清少納言にめずらしい恋のなまめきだ。

他の文をよんでいると、とてもシャキシャキしていて優雅な恋なんて感じそうもない彼女だが、さすがに恋がいのちの平安朝女性である。藤原実方《さねかた》、橘則光《のりみつ》、藤原斎信《ただのぶ》など、多くの交渉があったようだ。

とくに行成には、長い間、陰ながらの支持をつづけ、その本質的な立派さに敬愛が募っていったのであろう。

逢坂関になぞらえて、彼女は「ゆるさじ」といったのに、行成はぬけぬけと、

逢坂は人越えやすき関なれば鳥鳴かぬにもあけて待つとか

といってくる。

勝気の彼女も、あっけにとられてしまう。くやしいけれども、その行成をあっと感心させるような歌なんて、できないのである。

関は「越えにくい」印象をもっている。しかしこれは「越える」ための存在である。そ

の条件は、世をみださず、他に迷惑をおよぼさず、正しいものが正しくあるためのとりしまりなのだ。関守《せきもり》の方にまちがいがある場合をのぞけば、関は秩序の番をする。

だから、何よりも、関所を支配している秩序そのものが問題である。百年前の女たちは、夫以外の男をゆるせば死罪。その逃避行に、どんなにか関所はおそろしいものであったろう。今の女性の想像もできない覚悟をもって、姦通の関を越え、また逃避の道行の関を通らねばならなかった。

清少納言は、女性の恋の自由な時代の女である。その点のんきなものだ。そうした外部の関のこわさより、彼女自体不安がっているのは、恋の関を越えてからの、たがいの感情の行方であろう。

「関はゆるさじ」とかしこく身をかわしたはずの清少納言が、「あけて待つとか」といわれると、言葉につまってしまう。彼女の心は、すでに行成への恋慕を認めている。自分ではゆるさぬといっても、そのゆるされぬ関を越えて、やってくる男の熱情を期待している。彼女は行成に見すかされているのだ。

しかし、その関の頂点にたつことはのぞんでも、それから先の心の動きが、はるかにはるかに、そらおそろしいのである。だから、関にかこつけて、越えるまいとしているのである。

けれど、恋する者は、否応もなくこの関を越えてしまいやすい。これも、その人の性格であり、生きかたである。関のあることさえも気づかずに、らくらく越える人もあれば、みずから感じる恋の関に、いつまでもこだわって、同じところにもたもた足踏みしている者もある。越えていいのか、越えない方がいいのか、このためらい、この迷いは、恋の心に永遠につきまとう思いであろう。

■越すか越さぬか

枯れ枯れの老人が、恋をしないというのは皮相の見であろう。私には、少女のころにわからなかったことが、年を重ねるにつれて理解できてくる。見えなかったものがみえ、正しい形が二重うつしでわかってくる。だから、老いゆくにつれて、恋を感じる度合はかえって深まるのではないかと思われる。

ただ、かくあれかしと願う心のめどは、高くなり、複雑になり、わがままになる。また、部分的理解、部分的共感を、全体にひろげてしまいがちな若い甘さはなくなるから、全的に恋い慕える相手にめぐり合う度合いは、少なくなるかもしれない。そして、幸運にすばらしい相手に会えても、すでに相手に恋をさせうる外貌を失っている。相手の心を得られなかったり、相手を不幸にさせては気の毒になったりして、関を越さずに終る場合も多いだろう。

幼い魂、未熟な若さの直観は、美しいけれど、あやまりである場合も多い。それは自分自身の、未熟ゆえの傷つきであり、夢の破れである。

「同じ年格好の若い男が、いいカッコして女の子をくるまにのせてゆくのをみると、やはりいい気のしない時もありますよ。ま夜中に、ヘーイ!なんて、こっちに手をふり、からかってゆくんですからね」

と、二十三歳という関守は語る。煤煙《ばいえん》のために肺ガンをやられる危険の多い、一日中、車のひびきの絶えない神経を使う職場だ。夜が本番で人数もうんとふえる。関所がためは生命がけである。

「でもね、その若い男女がいいかどうかはわかりませんよ」

決して薄給の辛い仕事を、それでいいというわけではないけれど、若さを未熟な、気持のままに奔放につかっていて、みるみる自他を不幸にしてゆく例を知っている。若さは貴重なものなのだ。「いまの若い者は」と老人たちが威張るのはとてもいやだけれど、かといって若さを正しさと思いこみ、若者みずからが若さをゆるして、その心に関をもうけないのはあぶない。

自分で自分の心の、感情の関守を相つとめ、しょっちゅう監視していてさえ、若さそのものにひそんでいる、どうしようもない未熟さのゆえに、判断をあやまることがある。

先日、話にいったある刑務所で、累犯ばかり千三百人という青服の人たちを前にして、私は、いいようもないいかなしさに皮膚がよどむ思いだった。

すでに追われなくなった安らかさ、罪をつぐないつつあるという自覚、三度の食事と健康管理の保証、みんな元気な明るい顔の人たちである。二十から三十までの人が圧倒的に多い。この若さを、この体力を、このエネルギーを、なぜこんな方向に使われるのだろう……。もったいない話である。

せっかく所内では正しいことの安らかさを味わった人たちも、出所を組からバスで迎えにきて、ふたたび、苦しいやくざなせかいに沈んでゆくとか。

この間、幼い坊やの将来のために、心をいれかえて更正せねばと、思い切って自首してきた暴力団の団長があったそうだ。育児施設にあずける坊やとの別れは、つらかったであろうが、その努力をみのらせてほしいと思う。

「地味な働きにかえたときは、正直いって苦しく情なかったけれど、こうして子どもができてきますと、いつでも子どもを抱いて親子三人、どこでも歩けるのが何よりありがたい、子どもだけはまじめな人間に育てたいです」

と、しみじみ語っていた若者もあった。

なにをしても「カッとしやすい」その感情の抑制のなさが、簡単に罪を犯させる。心の道、感情の動きにも、ところどころに関をもうけて、その関を越すか越さぬかを、しばらく考える余裕がほしい。率直なのはいいが、単純なのは困る。

全県の派出所に通じるベル、パトカーと県警本部との通話が全部きこえる装置、三つの受話器が、いつなにを告げるともわからぬぶきみさ。あまりに続ぞくと兇悪犯罪が起りすぎる。ま夜中、手配をうけて、ナンバープレートをたしかめたり、車種によって車をとめたりすると、必死で逃亡しようとしている者は、やぶれかぶれの卑劣な行動をとりがち。

「みて下さい。あれは誰何《すいか》して車をとめようとしたら、体あたりで突き殺されたことがあったので、検問のために楯をつくったのです」

山壁の一角に、分厚いコンクリートのついたてのようなものができていた。そのわずかな楯に身をおいて、不審車をあらためてゆくのである。

逢坂山から長等《ながら》公園の方へゆく途中の台地からは、はるばると琵琶湖がのぞめた。小さな山と山との間に街道があり、逢坂山トンネルをぬけた列車が、東の方へ走ってゆく。大津の町をこえて静かにひろがる湖は、ところどころヨットの帆がみえる。むかで退治伝説の小山が、対岸にのぞいている。

京の都で、几帳のかげに暮していた上臈《じょうろう》たちが、逢坂山を越えてこの湖をのぞんでよろこんだ様子は、源氏や、かげろう日記にもあって、しのばれる。はしたなく大声をあげてとびまわりはしなかったろうが、思わずも大きな吐息をつき、目をなごませて湖面にみ入ったことであろう。

花のさかりをよろこんだ四月の七日ごろから、花の雨。ひきつづいて菜種梅雨、さみだれ、卯の花腐《くた》し……。いつ晴れるともしれぬ延々たる雨の、ほんのわずかな晴れ間をいそいでやってきた。雨のつづく間にも季節はちゃんと推移しているのか、照りだせばひりひりと日傘がほしいほどのきつい日ざしである。

世にも名高い恋の関所をたずねきて……わが恋はいずこにありやと、ふと、かえりみる自分の心の空白。思いもよらぬものをみたようなおどろきを覚える。私の心には、いっぱい恋がつまっていたはずなのだ。私にとって、それが生甲斐。私にとってはなによりの目標。

あの恋心は、いったいどうなってしまったのであろう。「いつの日か、私は、私の恋に価する私になりたいものだ」と私は、現実の私を拒否するせかいを求めていた。若さゆえの未熟で傷ついただけではなく、人間的未熟のために次つぎと人をも自分をも傷つけてしまう私。そのわが正体を認識すれば、当然、その私をゆるさぬものの立派さに対して、傾倒しないではいられない。

「苦しむなんてバカゲたことだ、いくらでも救われる方法はあるのに」といわれても「とんでもない。私のような悪い奴は救われてはならないんです。私が救われるようでは神も仏もないんです。私は自分を喜ばせてはならないんです」

そんなにも心をすえて、私は自分をたしなめ、私を拒否する高さを尊んでいたのだけれど、結局はやはり、あまあまと自分をゆるした。自分で心の関を破ったのだ。それは、行ってはいけないと思いながら、その方へひきよせられて深い淵におちこんだような形であった。つまり、さとられまいと大切にしていた思いを、ふと、さとらせてしまったのだ。

その苦しさは自業自得。けれど、すでに遠じろい静けさの領しているわが心に、恋らしいものはない。あこがれそのものが消えたとは思われないが、恋だと恋でしかない狭苦しさを厭って、ビールからウィスキーがつくられるように、昇華して心奥にひそまったのかもしれない。あるいは清酒がお酢に変質するように、酔分が失われて、さっぱりしたのかもしれない。なにごとにも、いつかは本質だけが、骨のようにのこるのである。

■心の中の闇

骨で思いだした。ビュッフェ展では、鳥も花も魚も果物もランプも、なにか〝骨〟を感じてしかたがなかった。たしかに、羽や、肉をつけたまま描いてあるのに、それが、感覚としては骨としか感じられないのである。

女身も、骨であった。女というものの、本質的な醜悪さ。美々しい飾りや、精神のたしなみをとり去ったあとのきたなさを、よく自覚する私は、まるで、自分のミイラに対するようにゾッとした。なんという、女に甘くない男性であろう。そして、なんとかなしい骨身にしみる人間のさびしさを知っている人なのであろう、ビュッフェという人は。人間の本質がみえてくることのかなしさを、ビュッフェはどう耐えているのか。

モデルの美女も、彼の目にはこの骨にしかみえないのか。この醜さが、はっきりみえるということには、同情したい。この醜さを知ってもやはり、女性を見ないで生きるわけにはゆかず、本質追求をやめるわけにはゆかないんだから。

彼の愛妻アナベル像をみてほっとするのは、そのビュッフェに愛する女人のある喜びだ。すべての対象から、骨をつかみ出さずにはいられない男性が、こんなに美しく描き出せる女人があったという安堵である。その美しさも悲痛な美ではあるけれども。

大津の関寺町には、小町湯《こまちゆ》とのれんのかかった湯屋があったりして、謡曲、関寺小町を連想させる。しかし関寺に老小町が住み、あわれな姿をみせたかどうか、謡曲は創作で、史実はないらしい。音曲の神さまとされている蟬丸《せみまる》の神社がある。町家の軒々に祭《まつり》提灯《ちょうちん》が吊されていて、ちょうど宵宮祭《よいみやまつり》の日であった。

ひるまの境内はしんかんとして、綿菓子の屋台ひとつ出ていない。舞楽殿《ぶがくでん》に神輿《みこし》が並び、おみきが供えてある。関清水の前にしめなわをはったり、太鼓がだされていたり。拝殿の斜め格子にひたいをくっつけてのぞくと、簡素なお供えと、おはらいの白紙がいかにもしろく冴えて目にうつった。

今宵は民踊の夕を催すとある。江州音頭《ごうしゅうおんど》その他、多数おこし下さいのハリ紙の前を、もう中学三年生ほどにみえる混血の坊やが、学校がえりの鞄をさげて通ってゆく。この混血の男の子は、いま、どのような家庭環境のなかで育てられているのだろうか。近所でも学校でも、誰とでも手をにぎり、笑いころげ、討論しあえる生活ができているだろうか。今宵、この神社の江州音頭に、彼も踊りの輪にはいって、うたうだろうか。

愛の関所は、恋路にばかり限ってあるのではない。同じわが子に対してもエコひいきしたくなる感情、同じ受けもちの生徒に対する愛憎。皮膚のいろによる人種差別の感情は、この世界民主化の流れのうちにも、しつこくなまなましく存在している。

わたしたちの心の中には、みずから関をつくって、どうしてもせきとめなければならない思いもあると同時に、自覚せぬまに、るいるいとつらなっているいやな関を、ひとつひとつたたきのめして、うち破ることも必要なのだ。どんな関をつくり、どんな関をやぶるか、それが自分を左右する。

やはり、検問所の近くの、かねよという料亭の庭に、「三条右大臣のうたった逢坂山のさねかづらはこれです」と、保存の立札がたっている。小さな池のそばに立木にまきついたさねかずらが、三センチほどの素直な葉を青々と光らせていた。さねかずらというのは、どこの野山にも生えている蔓性の常緑植物。

名にしおはば逢坂山のさねかづら人に知られでくるよしもがな

たれにも気づかれないで、会う方法はないものかという嘆きに引用されているのだ。だから「これがその」というのはおかしいが、このあるじの親切で、さねかずらを見知った人は増しているだろう。もっともなかには、さねかずらのまつわりついている、さるすべりに似た木の方を、さねかずらだと思って他の人に説明している人もあるという。

そんなうわさをきく間にも、おびただしい車の列が、逢坂峠をのぼりくだりしていた。

何か常なる

…………………………『古今和歌集』読人しらず

■飛鳥の道

「路肩注意」と書いた立札が、細い田舎道のかたわらにたっている。毎日のようにバスの転落事故のニュースを読まねばならぬ憤りを、いったいどこへ持っていけばよいのであろうか。長雨でゆるんでいる狭い細い土道で、大きなバスが重心を失って谷に落ち、あるいは海に落ちる。観光バスもあれば、定期バスもある。レジャー遊びもいのちがけなら、通勤もいのちがけだ。

この飛鳥路《あすかじ》は、たとえ路肩がくずれたとしても、田畑にとびこむだけのことだけれど、バスの通るようになっていない道を、大きなボディのバスが通っていることは同じである。かといって、このうるわしの山河。史跡の宝庫のような飛鳥野に、縦横無尽に車の通る舗装路をつくればいいかといわれると返事に困る。ここは、いわば私たちの日本の、やわらかなてのひらだといえるのではないか。

大小の岡、清らかな流れ、そして池。耳成《みみなし》、香具《かぐ》、畝傍《うねび》の三山を近くに、あちこちに古墳をのこし、石の造形をみせ、寺の白壁を輝かせている飛鳥の道くらいは、自分の足で歩いてまわるよろこびを、尊重したい。

この平穏な田舎道は、けれど、そのかみは決してこんなおだやかな道ではなかった。天皇家の権力確立のため、各氏族の勢力伸長のため、たがいの腹中をさぐりあいながら暮していた。新宗教として渡来した仏教に対する警戒と興味。日本初の仏像は、棄てられたりひろわれたり、この道をあちこちしたことであろう。やれ謀反があらわれたといって人は走り、それまでの顕臣《けんしん》をたばかって刺殺したさわぎに、人びとは興奮してざわめき通ったにちがいない。

飛鳥の地によって、はじめて伝承歴史が、後世にのこる形として計画された。その千数百年も前の息吹きは、息ぐるしくさせられるほどに、濃密でなまなましい。

しかしこの飛鳥は、そういう歴史を知ろうともしない人びとに、かえって素朴な安らかさをおくるのではないだろうか。いわば先祖の、骨肉の争いなんかは忘れてしまって、その文化創成の業の偉大さなんか考えないで、単純に動物的に、歩きまわるのがいちばんふさわしいたのしみかたかもしれない。伝統が途中で滅《ほろ》んでしまっているのと、土地柄がへんに史跡を史跡ぶらない気持のよさなので、現在、未来の散策場として、てのひらのようににぎりしめておきたい気がする。

剣ヶ池《つるぎがいけ》のそばは、いつもしいんとしている。昔この池にはひとつの茎に二つの花の咲く蓮が咲く奇瑞《きずい》がみられたそうだ。いまは、蓮の姿なく、水草もない。岸辺の雑草が、むんと青い初夏の草いきれで私を包む。水すましがたくさん泳いでいる。深い趣きがあって、長い歳月に起った事件が、もろもろと、池の底に分厚い層をなしているようだ。

こんな池のそばにいつまでもひとりでいると、なにか、水神に魅入られそうな不安が感じられてくる。さびしいなと思う。あたりは明るい初夏のまひるなのに、ひゅうっと自分がなくなってゆくさびしさだ。

さびしいという言葉を使うと、誤解されるかもしれない。べつに人恋しいのではない。むなしいのでもない。やるせないのでもない。どういったらいいのか、強いていわば、一種の透明感である。虚空の中に溶ける〝空《くう》〟としての自分を意識するのだ。

世の中は何か常なる飛鳥川きのふの淵ぞ今日は瀬になる

『古今集』十八雑下、読人しらずのこの歌は、それが詠まれて以後、数知れぬ後の人たちに引用されてきている。「きのふの淵ぞ今日は瀬になる」というのだから、川相《かわすがた》はすこしの雨にも変化したのであろう。氾濫は年々の習い、そのたびに人びとは「世の中は何か常なる」感慨を持たせられたにちがいない。

「世の中は何か常なる」感慨は、はるか末世の現在も、何につけても味わう感慨である。川の瀬も、山の相も、人の情も、変化しつづけている。そのあわれは、どうとどめるすべもない、現実そのものだ。

それにしても、今年の、狂雨ともいいたいような長雨のおかげで、また各地に氾濫さわぎだ。

「一昨年、えらい目にあって、やっと壁や畳や建具を新しくしたばかりですのに、またなんです」

と、うんざりしていらした方があった。浸水してみてはじめてわかったのは、町内に九人もの中風患者があったことで、重い、不自由な身体を背にして、二階のある家へ避難させるのが、たいへんだったとか。もちろん、浸水の損害は個人の運命を変えてしまう場合がある。この年々歳々の被害には、あらためて呆れる。

歳時記にはじめて目を通したとき「出水」とか「水見舞」とかいう季語の並んでいるのをみて「なんだかおかしいな」と変な気がしたものだった。どこに住んでいても毎年、身近に起ることだからこそ、季語として通用するわけ。いったい、いつまでこの季語が生きつづけるのか、この残酷が、情趣的に俳句に詠まれるのをみるのは苦痛だ。

飛鳥川は、今は小さく、あまり風情のある川とはいえない。ところどころ瀬になっている。浅くて人の膝まではいって魚つりをしているところがあるかと思うと、みるからに深そうなところもある。狭い川をはさんで、人家や田畑がつづいている。いい匂いがすると思ったら、くちなしのいけ垣の家があった。ひとえ咲きの純白の花が、濃緑の葉を背景に、点々とひらいていた。

古今の歌を本歌にして、新古今集には、

古郷へ帰らん事は飛鳥川渡らぬさきにふちせたがふな

という素覚法師《そかくほうし》の歌がでている。

明日はふるさとに帰りつく私だ、どうか私の渡らない先に氾濫してくれるなという願いである。馴染のままの姿で、自分を迎えてほしい。無事に渡してほしい。明後日はどうなるとも、せめて明日の間だけは何事もないように……との正直な感情がでている。旅に出ている人間の、一様に願う思いであろう。

このごろは旅ブームで、誰でも気楽に家を離れる。ちょっと伊勢まで出かけるにも水《みず》盃《さかずき》をしたという、昔の人たちの必死の旅覚悟なんて、想像もできない。けれど旅先で何事が起るかわからない不安、留守に何事が起るかわからない不安、どうか、決定的な不幸だけは避けたい祈りは、今も昔もかわりないはずだ。

「半年ほど欧州を回ってこようと思いますの。みんなに、おせんべつよりお香奠《こうでん》をちょうだい、生きて帰ってきたら半分かえすからなんて、頼んでるんですよ」

と、若いお嬢さんのお話。

「どこで、どうなるかわかりませんもの」

「それはそう。その覚悟で、いろんなものをたくさん吸収していらっしゃってね」

母は、私がブラジルへこないかとさそわれたとき、泣いていやがった。

「半年も留守にされたら、その間に何が起るやわかれしません。そんな心細いのは、かんにんしてちょうだい」

私のためには、どんなことでもしてくれる子煩悩なひとであったし、仕事を大切に尊敬することは、人後におちないひとであったのだが、このときは、はなはだわかりが悪かった。まるで、こちらが幼な子をのこしてゆくように心がかりで、やめてしまった。

だからさて、母の脳出血の瞬間、私はそばに居合わせることのできたありがたさを、どんなに感謝したことか。あんなに私にそばにいてもらいたがった母の、別れをみてあげられたのは、私の生きのこりの時間を心軽くすることだった。

明日こそは……思う人に会えるであろうという希望で、ふるさと近く帰ってきた旅人が、天変地異や、事件や寿命で、その人に会えないとしたら、どんなにとりみだすことであろう。どのような凶事にあわねばならぬ運命にせよ、せめては無事な顔をひとめみてからのことにしてもらいたい。

「これだけは読んでもらいたい」と願って届けた手紙が、誤配で相手に着かなかったり、旅先で、その人のことを思って求めたお土産を、帰ってみると、もう届けようもない相手になっていたり。ふるさとのすすきが原を、も一度歩こうと思って帰ってきたら、その原っぱがなくなっていたり、渡し舟が廃されていたり。

「どうか、も一度」の願いは、うまく叶えられることが少ない。

■小さな丘から

『日本霊異記《りょういき》』の巻頭第一に「雷《いかづち》を捉《とら》ふる縁《えに》」がある。

雄略天皇の肺脯《しふ》の侍者、小子部栖軽《ちいさこべのすがる》が、ある日なにげなく正殿《せいでん》にはいってゆくと、天皇は后と婚合《くながい》し給えるときだった。ちょうどその時、雷が鳴ったので、おてれになった天皇が栖軽に「雷神を呼んでくるように」と命令。栖軽はさっそく「緋《あけ》の蘰《かづら》を額《ぬか》に着け赤き幡桙《はたほこ》を擎《ささ》げ」馬にのって飛鳥路を走りまわる。

「天の鳴る雷の神、天皇請け奉る」とさけびながら駆けていると「豊浦寺と飯岡との間に」雷が落ちた。栖軽は雷を天皇にみせる。天皇は落ちたところへ還させるが、栖軽が亡くなったのち、その場へ墓をたてたところ、雷が栖軽をうらんでいたのだろう、その墓へ落ちて碑文の柱の間にはさまってしまった。

「生《いき》も死《しに》も雷を捕りし栖軽が墓」の由来である。

そのとんまな雷は、狂言にあらわれるようなユーモラスな格好をして落ちてきたのであろうか、今のこる雷丘は、この童話めいた物語のさし絵にふさわしく、こんもりとした小さな丘だ。可愛い岡や茂みの多い地方だから、まことはどれがゆかりの地か、しかと定めにくいのが当然だろう。

『日本書紀』では雄略天皇が少子部螺贏《すがる》に「朕《わ》れ三諸岳の神の形を見むと欲ふ」と命じ、すがるは「大いなる虵」を捕えてくる。天皇はその地が「雷虺虺《かみひかりひろめき》、目精赫赫《まなこかがやく》」のにおそれて、ふたたび岳に放たせたもう。そして「改めて名を賜ひて雷《いかづち》と為す」とある。（岩波文庫版、黒板勝美編）

とすると、この小さな丘では、そんなすごい大蛇はひそんでいそうもない。あざみが咲き、蝶が飛ぶ。この蝶が私にまつわりつく。まるで身を捨てるように、私の足もとへとびこむので避けようもなく、思わず草履で踏んでしまった。あっと思って肝をひやしたら、うまいぐあいに、その羽根をしか、しいてはいなかった。足を離すとひらひらと、また舞い上がって肩の上にとまっている。

土地の人は「ここで干ばつのときに、雨乞いをしましたそうで」といっていた。のぼり道は、伸びた草におおわれているのを、かきわけながらのぼってみる。中腹からみると、香具山の方へゆく道が、シャープな直線を描いている。べつに頂上になんにもないようだし、下草の露に足袋が濡れてきたので、ひきかえした。

飛鳥川は、祝戸《いわいど》橋のそばまでくると、だいぶん上流の面影をみせている。かぼちゃの葉が茂っていて、ひどく暑い。道ばたのむしろの上に、えんどうやそらまめが、さやのまま干してある。豆の不作はおそろしいばかり。例年ならば毎日のように、豆ご飯や甘煮のお菜がつづくのに、思えばたった一度、えんどうご飯をたいただけであった。熟したての豆の匂いのやさしさを、忘れていた。

私には、青くやわらかなえんどうの小鉢を、幼い日に食べた記憶がいつまでものこっていて、えんどうというと、暗い電気のお茶屋のひと部屋を思いだす。父が遊びにつれていった新町のお茶屋で、私だけべつに、子どもの口にあう料理を食べさされていたのだ。いつも、えんどうは家で飽きるほど口にしているのに、家とはちがう、えんどうの味と、あたりの雰囲気が、奇妙に深く心にのこったのであろう。

まことは父に愛されたい願いが、その父の心の、家にはないことを痛感させていた。だから父といっしょに行動していても、それはただ、父の不機嫌をつのらせないための、子どもとしてのつとめ心からであった。内心、反発を感じる艶な茶屋の空気のなかで、ただひとり、ちょこんとすわってものを食べているのは、みじめったらしくていやだった。だのに、その食卓にのせられた盃ほどの小鉢に、数粒盛られているえんどうの色の美しかったこと。そしてそのはだのやわらかく、おいしかったこと。こんなお豆さんがあったのかと子どもはびっくりして、すぐに食べてしまったら、通りかかった女のひとが、また新しくお代りを持ってきてくれた。ものがなしさと、おいしさがいっしょになって印象にのこったのだ。

ぴしゃぴしゃと実のいらぬ不作の豆のなかから、やっとまともにふとったさやをえらんだのがこれだけなのだろう。いくつかみかで、なくなってしまいそうなとぼしい豆さやだ。これは貴重な種である。農家の痛みが、この点景にもあらわれている。子どもたちは豆細工をして遊ぶたのしさも与えられなかったことだろう。

■衝動からの解放

まっ白な土塀に銃眼をあけている建物があった。飛鳥坐《います》神社といい、伊勢に移られるまで天照大神をまつってあった神社だそうだ。それで、元伊勢ともいうらしい。事代主神《ことしろぬしのかみ》をまつってある、が、わりにひろびろとした境内である。しかし、よく荒れている。奉納の目録に「砲弾、なにがし」とあったのにはおどろいた。神威を象徴する銃眼なのか、それとも、戦力の神なのか。

だれもいない奥の方にすすむと、ひなびた舞台がある。あたりはシメ縄をかけた陰陽の石が並んでいる。これは、へんてこなところへきたものだと思ったが、考えてみれば、べつにおかしいものではない。古来、貴族も匹夫《ひっぷ》も、そのためになやみつづけてきた。そして人間の存在する以上は、いつまでも、のがれるすべのない現実である。すでにアメリカなみに、中学生が修学旅行の観光バスに酔って、流産する事件さえ起っている。いよいよ、どう大切にすべきかを考えねばならない、根源的な問題である。

聖書でも、古事記や日本書紀でも、なまなましい性の歴史という感じだ。ともかく、まぐわいと子産みの記録にみちている。それから近親相姦、獣姦、鶏姦《けいかん》。臣の女を君奪い、君の女を臣先んずといったくりかえし。そのために、おびただしい裏切りと殺戮。いわば、背徳とよばれることのみによって、支配されつづけているのだから、人間の歴史が陰惨なのも無理はない。

まったく野放図な、始末に困るものだけれど、いいかたをかえれば、それがまた正直な人間の歴史、人間の正体そのものなのだから、致しかたもない。ただ、だんだんと心情の襞《ひだ》が細やかに深まるにつれて、心情を、知性的にたかめたい欲求がつのる。そして身体を動かすものは、結局、その心情なのだ。知性によって、身体の感覚を訓練し、複雑で、純粋な感覚を味わう力をもつと、自分が、自分の衝動から解放される。

自由というものは、自己の欲望の統御でもある。だから、幼い若さの人たちには、「ちょっと待ってね。もっと精神的に熟して、すこしでも良く自分を動かせるように、今の間に勉強して下さいね」と頼みたい。とはいえ、あと味よく自分を自由に動かせうる人は、いくら年を重ね、努力を怠らない人でも、そんなにはいないだろう。だから、この奥殿にまいる男女がつづくというものだ。

■「常なき」世

つい昨日までは月見草ゆるる草原だったと思うのに、いつのまにか工場が建ち、美しい緑の山が赤はだの宅地となる。川が埋められて駐車場となり、海がどんどんなくなって陸地になっていく、あわただしさ。どんな小さな点景にも、時代がはっきりでているのだから、刻々の転移は、われわれ大衆のエネルギーそのものである。

だから、みずからの手で、みずからの世をどのようにつくるかが、とても大切だ。同じ「常なき」世とはいえ、その流転の方向は「ひとりでも多くの人が幸福になる」目的にむかっていなければならない。

どの地域でも、どこを積極的に近代化させ、どこを自然の成行きに任せ、どこの現状を絶対に保存するか、その的確な方針をたてておかないと「大衆のために」というつもりで、逆に「大衆の不幸になる」ことをしでかしてしまう危険性がある。天災プラス人災で、なかまを不幸にしてはならないのだ。

しかし、その方向が、たとえよりよき方向にむかっていた場合でも、個人的な生活や、好みの上からいって、胸つぶるる現象になることが少なくはないだろう。「常なき」は、自分自身の心において、もっともいちじるしいもの。それだけにその、不安定な自分を託する対象は、どうしても不変なものをと考えてしまう。

なにかというと、自分以外の人の心の移り易さをとがめるけれど、ほんとうは自分自身が心がわりをしているのである。そして、自分の変心を知りながらも、人にかわらぬ友情や愛情や、絶対の信頼やらを寄せていてもらいたい。虫のいい話である。

長旅は、旅に出た者の心を歩かせるが、のこっている者の思いをも展開させる。旅に出るのは、帰ってくるためだという言葉があったけれど、旅から帰ってきたとき、なつかしさにひしと抱き合える幸福が失われ、たがいの心や身体に、大きな変化があって、永遠の別れになってしまうこともある。

旅は、たがいの心をいよいよ結束させることもあり、心ならずも歪められて運命の裂け目になることもあるのだ。夫の心を旅先で奪われる妻、留学中の愛人に、不安を与えられる愛人。おたがいに動く場合は、まだ不幸も明るい出発となりうるが、一方のみの場合は、片方の傷が深い。

素覚法師は、ただ、なつかしのふるさとへの愛着をうたったに過ぎないであろうが、自然への思いも、人間に対して以上にせつないものがある。啄木のせつない心を向けたふるさとの山やふるさとの河が、昔のあとをとどめぬ姿に変貌していたとしたら「ふるさとの山はありがたきかな」という慰められかたはできなかったであろう。その意味のありがたきふるさとは、各地で音たててほろびつつある。

飛鳥川も、いつまでも飛鳥川でいられるのかしらと、いまさらに、あたりをみまわして立ちどまっていた。

風さわぐ

……………………………………

『新古今和歌集』慈円

「ご本尊を拝見したいのですけれども」

何度か声をかけたが、なかなか意味が通じない。やっと理解されたと思ったら、首を振ってダメだと手真似で断わられてしまった。延暦年間に伝教大師がひらいたと伝えられている天台宗双林寺《そうりんじ》。薬師如来と書いた提灯が下がっている。ご本尊は薬師さまのようだが、そのささやかな一字の門内に、ずらりと墓石の見本が並んでいる。墓石の注文をうける石屋さんの店でもあるらしい。

■立ちさわぐ風

ここは、京都、真葛ヶ原《まくずがはら》のまんなかである。長い間、私は真葛ヶ原を、草ぼうぼうの野原であるように思いこんできたので、さて、その真葛ヶ原だけをあてにしてたずねてみて、あまりにもせせこましいのにおどろいた。八坂の祇園閣《ぎおんかく》のすぐ山手、音楽堂と双林寺の間の、ひとつかみほどの空地が、真葛ヶ原の名残なのである。

後鳥羽院との近密な歌づき合い、源頼朝とは、たがいに一目で知己となったといわれる慈円《じえん》前大僧正の歌、

わが恋は松をしぐれの染めかねて真葛が原に風さわぐなり

は、なんでもないことをいっているのに、きみょうに、人の心にのこる歌である。慈円和尚が、具体的に女を恋した事実は知らないけれど、摂関《せっかん》の家藤原兼実《ふじわらのかねざね》の弟にうまれた誇り高き出身、おびただしい歌をのこしたその才華、四回も叡山座主《ざす》をつとめたけんらんの僧であるだけに、態度にあらわれないまでも、深く心にとどめ、ひそかにまぶたに描いてみた女性が、あったとして当然のことであろう。もちろん、歌合わせの席での連詠であっても、心の真実があふれ出る。正直「風さわぐ」思いを実感していたればこそ、この一首に、重い共感を覚えさせられるのだろう。

恋によせて、わが恋はとぶっつけに語りかけ、風さわぐなりと結んだ率直平明な言葉に、真葛ヶ原にたちさわぐ風と同じ風が、そして慈円の心にたちさわぐ風と同じ風が、読み手

の心にもうまれて、さわぐのを感じる。まったく、なんという苦痛であろう、人を恋しく思うということは。その人のことを思っただけで心がさわぎ、あうとなれば胸苦しくなるほども切なくなる。

三年ほども、ひとりの少女を愛しつづけている青年は、ほとほと疲れ切った……という形で言っていた。

「僕はもう、こんなに愛していることが苦しくて、くやしくてたまらなくなってしまった。今度こそ思い切って、彼女の心をたしかめて、だめならばきれいにあきらめます。いっそ、静かな気持でいられる平凡な女性と結婚しようかと思うくらいです」

その少女が、まことにほのぼのとうるわしく、しかも強い芯をもった宝玉のような少女であることを知っているだけに、彼の激しい恋着と、それゆえの風さわぐ苦しみがよくわかる。なんとか少女が、青年の持つ未完成ななかの素質の立派さをするどくみてとって、見事な一組をつくられるといいのにと願うけれど、このことばかりは、他からの口のさしはさみようもない大事である。

その少女を熱愛しながら、なにかもどかしい周囲の事情を考え、彼女にふさわしい自分にならねばと、努力してきたという青年は、魅力的な面ざしもふと青ざめてみえるばかりであった。この青年にとって、彼女への愛は、なによりすばらしい向上への意欲の源泉である。そこには、いい気な、軽薄な、希望的観測の許されないきびしさがある。もし彼女という存在がなく、ちやちやと彼をもてはやす女たちにのみかこまれていたとしたら、また彼の生きかたには、すこしちがった色合いがみられたろう。それを思うと、結ばれると否とにかかわらず、彼女の存在は彼を、美しく充実させている。

愛している相手には、かえって軽く愛想がいえないという男性の気持と、すこしは強引に、自分をかっさらってくれたらと願う女性の気持とのズレで、往々にして結ばれていい一対がすれちがってしまう。

まるで、源氏の君のように、まだ幼い気持の少女の、清純な雰囲気を愛して、長い間、その成長を見守ってきた男性が、さて、思い切って彼女の心をたずねると、彼女は淡々としていた。あまりに保護者的、紳士的であった彼の心づかいのなかで、彼を男性として意識することがなかったらしい。いまさら、彼を恋人として意識せよといっても、はじまらないのである。

もの静かな、おとなしい少女のその少女らしさをそこねるのを惜しんで、大切に大切にと、心をくだいていつくしんできた男性の深いさびしさは、いうまでもない。

みている方で残念な気がして、かえってこちらの心がさわいだ。やはり、言わねばならぬ思いは、タイミングをはずさずに伝え、自分の心とともに相手の感情をも耕さなくてはならないのである。波紋をおそれ、それが自分を苦しい立場に追いこむかもしれない反響を避けていては、結局、すべてが自分のひとり芝居にすぎなかったそらぞらしさを、かみしめることになってしまう。

大切にいつくしまれていることを、当のご本人は知らないのだし、それは片方の勝手な努力にしかすぎないのである。ものすごい心の嵐とたたかって、他の存在に気を散らせることなく、ひたすらに彼女をたのんで白い独り身を通してきた彼の努力がいたましい。誰をどう責めようもない、清らかな破局なのである。

この、すべてにドライだといわれる時代にも、まともに美しく生きようとしている人たちは、みんなそれぞれの「風さわぐ」境地をまっこうから受けとめて苦しんでいる。ふしぎな胸さわぎ、あやしい胸苦しさ、とどめようもない風が、渦潮のように、もこもこと心に狂いたつ。誠実であろうとしてふきあれる風と、卑劣な手段を講じようとしてふきあれる風と、その心の風の性格はまったく異なったものなのに、同じ苦しさで身をしめつけられるのは、どういうことなのであろう。

同じ、風さわがねば納まらぬ煩わしい心を持っているのならば、せめて、誠実ゆえに、真剣ゆえにふきあれる風に、なぎ倒されたい。たとえ、再起不能の嵐であっても、それなれば本望というものである。

■自然への共感

昔、この真葛ヶ原は、円山《まるやま》公園をも東山の麓をも含んだ、広大な地域であったはず。双林寺も当然、立派な規模と堂塔を有していたものだろうが、京のほとんどが焼野原となった応仁の乱によって、おとろえた。真葛の多い原っぱだったのであろうか、さっさっと鳴る秋風が、ふき渡るたびに、丈高くのびた草々が、敏感にたおれ伏した。風の歩くあとは、航跡のように、はるかに白くつづいたにちがいない。風さわぐを言いたさに、慈円がすぐに真葛ヶ原を連想した現実が、たしかに存していたのであろう。

だが、円山公園に大部分をとられ、いまはもう、石を運びにきている人夫さんにきいても、「へえ、ここが真葛ヶ原というのどすか。そんな土地の名は、いまはじめてききました」などという、さびれかただ。

大きな樟《くす》の木が朽ち折れてい、その前に、若木がすっくと伸びている。大木への敬意からか、鳥居がたっているが、周囲がせまいので、なんだかゴミゴミした感じである。ここが、風さわぐ中心地とは、どうにも考えられない。私の心のなかにひろがっていた真葛ヶ原の方が、ずっとほんとの真葛ヶ原らしい。遊園地ふうに萩の株が植えられ、ベンチが散っている。若い二人づれが、ベンチに横になって、ささめき合っている。どうやら、さわがしい風は通過したあとの、なまあったかい風景である。

あったかいどころではない。今日は祇園祭の宵山。祇園界隈は数十万の人波に埋まろうという、京最高の炎熱の日だ。祇園の鉾を型どってつくった祇園閣の屋根の向うに、赤い入日がキラめく。盆地京都の暑熱は、冬の寒気とともに名高い。しかしこの祇園祭が、はだ冷たいようでは気味が悪い。とことん暑いなかでの祭だからこそ、諸病追放の意気もあがるし、汗もまた爽快なあと味をのこすのである。

今年の、いつまでもつづいた肌寒さに、おそろしい冷害を案じていたのだが、それだけにやっと訪れた夏のさんさんと汗のふきでる炎熱は、よろこびなのだ。

音楽堂の方から、合唱の練習がきこえてくる。その南側に、芭蕉堂《ばしょうどう》と、西行庵《さいぎょうあん》が並んでいる。

西行の行脚したあとをたずねてまわった芭蕉の、ゆかりの地であり、芭蕉堂の門にかぶさるように、白い木槿《むくげ》が咲き出ている。ささやかな門と素朴な木槿の花の対照が好もしい。

西行庵の入口には、「風流とろろめし」の、のれんがひらめいている。かつて双林寺の塔頭のひとつであった蔡華園院《さいかえんいん》のあとで、西行はここで

願はくば花のもとにて春死なんそのきさらぎの望月のころ

と詠んだという。西行の、美に殉じ、花に溺れた魂は、毅然たる北面の武士としての骨格の上に成り立っているので、決して浅い夢見がちの心からのものではないだろう。そのやわらかな、花に埋もれて死なましのイメージは、世の無常を身にしみ、世の残酷を知りつくしてのあげくのあこがれである。

春の花と月に、現代は甘いまぼろしを連想するけれど、古い時代にさかのぼればさかのぼるほど、きびしい、身近な思いに結びつけられている。

自然に、感傷を託するようになったのは、案外、人間が人間だけの社会をみっしり構成してからのことで、人間が自然的存在としての自分をもっと自覚していたときは、いかに美しい花にも月にも、皮膚的に密接なきびしい共感を持っていたのではないだろうか。

ことばの上のイメージだけで、簡単にはかるわけにはゆかぬ、古人の感覚の根である。
門の内に、紅の大傘をたてて、緋毛氈《ひもうせん》をしいた床几《しょうぎ》の出ているのがみえる。小さな堂の前に一軀の石仏。そして若い桜に西行桜と名づけてある。その若桜のいち早い紅葉が二、三葉、床几の上に散っている。その葉をいためぬように腰をおろして、とろろをたのんだ。冷えた甘酒もあるという。

「私が舞妓のころはこの真葛ヶ原はいちめんの萩でした。人がすわると、もうどこにおいやすのか、みえへんようになって……」

祇園のおもやに降りてゆく支度のできたうすもの姿のおかみさんが、そのころの風景を思い出すように目を細めて話してくれる。若々しい、舞妓さんだったころのそのひとは、きっと萩の間を風をおこしてかけまわった、やんちゃな乙女だったのだろう。

「どうどす。そのとろろのお味は」

そのとろろが、なかなか結構な風味である。

問わず語りに話されるところによると、このとろろは、どことか、丹波と丹後の間の山にできるまったくの自然生の薯《いも》で、すりおろしてもあくの出ない美しいものだという。小さなすりばちの形をした器に、白い雲のひとすくいのようにはいっていて、青のりと、うずら玉子がひとつ、のっかっている。そこへ、別の器にはいっているおだしを注いでかきまぜ、ごはんをいれて食べるわけである。

おいしい生麩《なまふ》の煮たのや、お漬物もそろっている。するすると、とろろを吸うと、そのきめの細かさ、あくの少ない淡い味は、まことにさわやかである。もっとしつこいとろろでないと、とろろを食べたような気のしない人があるかもわからないが、このだしの淡味も気に入った。自然そのままの風味は、なによりの豪奢である。

祇園で三十四、五度ある日でも、ここは二十度台の涼しさだという。それだけ、高台になっているのだが、やはり暑い。

■人を知るの心

多賀《たが》宗隼《むねはや》氏著の『慈円』によると、慈円の心友であった儒者菅原為長《すがわらのためなが》は「吉水《よしみず》大僧正は人を知るの心、人に過ぐ」といっていたとか。慈円の心のひだをよく診たてて、なるほどといったところである。いま、なにより欠けているのは「人を知るの心」であろう。

自分のためにも、人を知らなくてはならないのに、人を知る心は自分を無にする心のように錯覚されている。慈円だって、どんなにか深い知性と情愛の人だったとはいえ、自分の生まれを否定して、人間全体を洞察する心の自由を持たなかった。

たしかに「人を知るの心」は「人に過」ぎて過敏であり、尖鋭であったろうが、自分を拒否して、自分を透明にしての心ではなく、自分の存在を確立し、その立場からの心であった。それゆえに、すばらしい豊かな魂でありながら、そのころ人らしい扱いを受けなかった人間たちの心は、わからなかったのではないか。

あくまでも、自分と話の通じる人間たち、自分が人間としてつき合える範囲の人間の心にのみ、さとく、その自分たちを支えてうめいている雑多な人間群像はあまり意識のうちになかったようである。

出世間の願いも、堕世間という形では思いもよらなかった貴族である。まことの出世間は、社会の底辺に沈みこんで、しかも痛烈に生きることではなかったか。その点で同時代の僧、法然、親鸞におよばぬ。いのちあるまの栄光は、慈円に輝いていたのであろうが、のちの世までの宗教人としての栄冠は、貧しい人びととともに語った彼らの方に、輝きわたった。

ふきあれる戦乱の世に、祈るものはただ平穏の世。ふきあげる恋慕の嵐に、願うのはひたすらその思慕の成就。しかし、戦いよりも恋よりも、深い悲惨の要素をもつ永久的貧苦は、どう表現したらよいのであろう。心さわぐ余裕なんてありはしない貧しさとのたたかい。いきどおる気力も失せたのちは、絶望する力も失せてしまう。人間的悲惨は多くの場合、経済的悲惨がまねきよせ、しかも経済的な悲惨よりもさらにいたましい不幸だ。

心さわぐ余裕もない嵐の非常時が常態であるという疲れ。それはどんなに人間の人間らしさをほろぼしてゆくことか。たまたま風さわぐ思いを覚えるものは、そのことに感謝すべきなのかもしれない。

■心さわぐかなしみ

青年たちとは逆の立場で、これまた数年間、ひとりの異性を慕いつづけて、まともな反応を得ずになやんでいる少女もいる。どう考えても、相手は彼女の積極的な意志表示に気おされて、いささか逃げ腰。だのに、ほんのちょっとした言葉をも、いい方に、いい方にと解釈して、ずるずる希望を捨て兼ねている。すべて人間は、物事を自分にとって都合のよいように解釈するものという定義を、目にみるような彼女の様子である。

「人間的魅力は、ずっとあなたの方が深いと思うけれど、それをわかってくれない相手を、いつまでも追っかけるのはどうかしら。あなたにとって彼は最愛の男性であっても、彼にとってのあなたは、いやにしつこい押しつけがましい女性としか考えられていないかわからないのだもの。彼を愛するのならば、しばらくそっとしておいてあげた方がいいのではないかしら」

と言ってみても、あいたさみたさは募るばかり。先方からは一度も誘ってくれないのに電話をかけて、あってもらう。あえば言いたいこともうまくいえない。風さわぐ心にみずからあえいで、彼につき放されながらもなお、すがってゆく。

愛し、愛されないでいる境地を、高村光太郎氏は「血で買った静寂」といっている。愛情によって傷ついたものにとって、静寂はなにより貴重な安らぎである。べつに、救われようとは思っていない、救われるはずがない傲慢不遜の人間にとって、傷は他の愛によってではなく、深い静寂によって痛みを離れることができる。しかし傷は、いつまでもいやされることはない。

それにしても、親子、夫婦、兄妹、友人、知人、恋人、近隣、師弟、ゆきずりの人との間にいたるまで、人間にとって人間関係によって与えられる傷は、じつにおびただしい。次つぎとちがった質の傷を帯び、こちらもまた人びとに傷を与えながら生きている事実を認識する。心さわぐかなしみは、恋においてもっとももの狂おしいが、すくなくとも愛あるところ、心さわがせる風の来襲をのがれることはできない。

だんだんエゴイスティックな思いが濃くなってきた私は、できるだけ風さわぐ苦しみを避けようとする。そのため、大事な打ち明け話までも、できればうかがいたくないとまで思ってしまう。仕事がら、いろんな人びとからプライベートな苦しみや秘密を打ち明けられて、ごいっしょに考えることが多いが、いい方針をぴたりといい切れない私にできることは、ただ秘密を守ること。他の点では信用できない私が、それだけは自然に守れるので、人が安心なさるらしい。

けれど、何事をおききしても、やはり私の心はひどく荒れる。そとめからは泰然自若としてみえるそうだが、本心はそんなに悠々たるものではない。この世のなかには、どんなことをも想像できると思って、ずいぶん心を広く、自由自在に動かせるようにと自分を訓練してきたつもりだけれども、神経はいよいよ細くなってゆくようである。だからその内部の矛盾が衝突して、すごく疲れてしまう。

人からうまく打ち明け話をひきだして、好んできく趣味の方があるが、私はとてもそんな親切をもてない。どんなことでも、こちらから聞き出そうとは思わない。どんなに仲がよくっても、言わずにすむことならば、言わないでもらいたい。「できるだけ、なにも打ち明けないで」その上で、どうしてもきかねばならぬときはもとより、いっしょうけんめいにきく。それは相手が不幸な思いをしているときだ。

打ち明けずにすむ幸福を祝福してやまぬだけに、なにかきいてといわれたときには、激しく心がさわぐ。信頼されて打ち明けられるにもせよ、他者の不幸な秘密を知らねばならぬのは、「血で買った」貴重な静寂を失うことだ。そしていつかは「真実を知られた人間だ」という事実のために、打ち明けた人からかえって、うとまれる宿命をも覚悟せねばならぬ。内部にふきあれる風の風圧で、バラバラに崩壊する自分を感じて、呆然とするのである。

見るよしもがな…………………『金槐和歌集』源実朝

■須磨の浜辺

東播磨海岸の埋め立てや、阪神間の海水汚染などのゆえか、今年の夏は、須磨の海水浴場に約百四十三万人という、おびただしい人が集まったという。私は、幼いときの中耳炎がもとで、海水浴を禁じられている。だから、泳ぐたのしみを知らない。

しかし、泳げない女としては、海をおそれないところがある。少女のころからわりにボートを漕ぐのが好きで、五、六人乗りの大型ボートに人をのせて、ひとりで漕ぎでた思い出もある。ずんずん沖に出て、浜をふりかえった同乗者たちが「大丈夫?」と心細がった。

そのうちに海面の水色がかわった。みんなの顔いろもかわった。みんなは泳げて、だから水泳着をきているのだし、私は藍の浴衣である。あまりやいやい言われるので、また岸に漕ぎ戻ったが、結局、泳げない私が、いちばんこわがらないという結果になった。ふだんから、死というものを身近く考えていたせいもあろうし、また、海を知らないから、こわさが感じられなかったのでもあろう。

須磨は千古の名邑《めいゆう》にて、諸種の伝説世上に喧《かしま》しきも、正史に乏しく、殊に古代の史実に至ては、茫《ぼう》としてたずぬるによしなし……云々

地誌にしるされている通り、ふしぎに須磨は、なにか美しい浜として名高い。白砂青松《はくさせいしょう》、淡路島山も、紀の国影《くにかげ》も、そして津の国の海岸線も、晴れた日には一望のもとにみえる眺めのよさ。清らかな海水の、東の月にも、西の入日にも輝きわたる珠玉の波頭に、いっそう、その美しさがよろこばれたのであろう。

けれど、まったくのところ、このうるわしの地勢が人びとの生活のなかに、みやびやかにとりいれられはじめたのは、明治以後、とくに大正時代の別荘趣味からではないだろうか。武庫離宮《むこりきゅう》あとへとのぼる離宮道は、両側に松の並んだ、いまも清らかな道であるが、それにならって富貴の人の別荘ができたり、結核の療養所ができたりして、人びとに須磨のイメージをつくらせた。

古くは在原行平《ありわらのゆきひら》のわび住い。そして松風《まつかぜ》、村雨《むらさめ》のあわれ。行平の流人生活は真実としても、はたして松風、村雨は実在のひとか。もちろん、あのあたりの「海女《あま》の子なれば」とて、目をみはるばかりに美しい女性はいたことだろう。そして行平の目にとまって、情を受けた女性もあったにちがいない。が、その時代のこと、それはどのような形で、何人の女性がそうなったかは、わからないことだろう。後の人のなつかしさが、行平を姉妹のなかの男としての物語を仕立てた可能性が多い。

そののちに、これは完全なドラマだが、源氏物語の光源氏がみずから謹慎して垂れ籠った須磨の巻が、文学風土記としての意味を深めている。紫式部は、行平の松風、村雨物語とちがって、源氏に須磨でめぐり合う女性を持たせなかった。まったくのさびしい漁村風景で、一夜台風の余波で建物はこわされ、道具は流失するうき目にさえあう。

■実朝の思いは

鎌倉幕府三代の将軍源実朝《さねとも》が名所に託する恋をよんで、

すまの浦に海人《あま》のともせる漁火《いさりび》のほのかに人を見るよしもがな

といったのは、やはり源氏の須磨や、行平の須磨をしのんだからではなかったか。源家にとっては、なまなましい戦いの日の、一谷《いちのたに》合戦の舞台としての須磨は、あまり思いだしたくないものだった。

というのは、やはり、敗軍平家のなかに、ひとりの少年、敦盛《あつもり》がいたからであろう。浜からいくら熊谷直実《くまがいなおざね》に呼びかえされても、そのままとっとと逃げれば無事に逃げおおせたであろうものを。紅顔匂う純真な魂の声にはげまされ、馬首をひるがえして敦盛は殺されるために浜辺に戻ってくる。

その、馬の首を逆転させるときの敦盛の心情は、なんといっても美しい。馬が浜につくまでのわずかの、ほんのわずかの時間、敦盛は無心に青い波を見ていたのか。そのとき、彼の心は何をみたのか、私はとても知りたい。

武器による戦いは、ふたたび起ってはならぬと祈っているが、かといって、日常茶飯事の、生活のなかに戦いはやすむときがない。この、武器なき戦いのなかで、敦盛の態度を持てる者は何人いるだろう。あるいは、馬鹿正直、無鉄砲な未熟さと、人びとはあざ笑うかもしれないが、これは若さの未熟のせいではない。

為敦盛空顔　源空書之

平家の赤旗に法然上人が書いた「南無阿弥陀仏」の赤旗の名号《みょうごう》、保呂衣《ほろい》に書いた、直実出家しての蓮生坊《れんしょうぼう》筆「南無阿弥陀仏」。いまも、須磨寺にのこるこの文字の上に、当時の人びとが、敵味方の立場を越えて敦盛の心情を尊敬し、その死を哀惜したことが、よくしのばれる。

いや、私は心せまくも、源家の実朝は平家の敦盛を考えたくなかったろうなどといってしまった。実朝は古代をなつかしみ、京都文化をたっとび、外国をあこがれた広い心の持主である。万葉ぶりの歌をものして、第一級の文化人としての心の骨を示している。堂々とした、あるいは朗々とした歌のなかで、この「すまの浦に」の歌などは、思いがけないやさしさがこもっている。

若くして無常の死を遂げねばならなかった彼自身の運命をしるよしもなく彼は、敦盛の律儀をうつくしみ、そしてそのようなさまざまの古き物語や近き現実をもちながら、すでにまた「海人のともせる漁火」のみが、あわく漂うにすぎなくなった、漁村須磨を心に描いたのであろう。

ほのかに人を見るよしもがな

唇にのせて、こうつぶやいたとき、ふいに胸のうちが、ほおっとあつくなった。とまどってしまう。めずらしい心のぬくもりである。

敦盛の首塚は須磨寺に。そして胴塚だといわれるものが、一の谷のロープウェイ乗り場の近くにある。大きな五輪塔のそばの石垣の石の間に、目鼻もなにも、ずんべらぼうになった小さな石仏がちゃんと水を供えられている。ちょうど、地蔵盆の日である。

鉢伏山《はちぶせ》にのぼるロープウェイは、うみひこ、やまひこの二台。

「このあたりには白と紅と、咲きわけのつつじが多い」と案内嬢の言葉だ。一の谷にあった安徳天皇の内裏には、その紅白のつつじが咲いていて、その紅枝がにわかに枯れ初め、平家の滅亡を暗示したといい伝えられる。

一の谷ではもう海と山との間は、一本の道路と、国鉄線路があるのみだ。昔より砂浜が少なくなってきているのかもしれないが、それにしても、まさしく急な斜面の小山である。

山上にはゆるゆると回転している円形展望台があって、そこからの眺めはすばらしい。

三列ほどに、外側にむかって並べられているベンチには、子どもづれの若夫婦や、少年少女たち、なかには黙然と横になっている老人もいる。すこし、レコード音楽がやかましすぎて、それに、他のベンチの話し声が高くて、はじめは騒音に気が散ったが、しばらく、ひとりの視線を外の面に放っていると、すうっと音楽が遠のく。まん前のベンチでは、壮年の男性と二人の女性が、景色をそっちのけにして内輪もめの話を飽かずに話しつづけているが、それもどうでもよくなってくる。

ま東、六甲山、摩耶山《まやさん》、ま南は大阪湾の鏡、西は淡路島と明石、北山をみてまた東と、おだやかに回りつづけるベンチ台にのっかっていると、周囲の人びとも自分もなくなって、ただ四囲の景色だけになる。東南にひろがるのが須磨浦公園と、海水浴場。なんと、呆れたことに、浜にはろくに松の木がない。

すこし前までは、まだ須磨から舞子にかけて、立派な松が多かったはずなのに。松林の美しさはこの浜からは失われた。それに、じつに砂場が短い。浜辺は人があふれると、浅瀬で休息しなければならないだろう。狭い渚をみていると、この貧弱な浜辺で泳がねばならなかった百数十万の人たちが、気の毒な気さえしてくる。

船はヨット、モーターボート。別府行きや、淡路行きの白い船もキラキラ光って通る。対岸は見通せず、すっきり晴れた日とはいえないが、美しく青い海の色だ。この海をおどろにわけて、桐壺帝《きりつぼてい》の霊があらわれたわけ。光君は霊告のままに、この浦づたいに明石《あかし》へ渡って、紫を嫉妬させるほどによくできた気品高い女性と縁をむすぶ。

■限界を知るにつけ

この山上からの眺めで、もっとも心にしみたのは、西の明石海峡である。海流のひだを反射して光る海の微妙な渦の表情。淡路島と明石とが、うなずき合い、挨拶をしているようにみえる細海を越えると、向うは、ひろびろとひろがる播磨灘《はりまなだ》だ。瀬戸内海は、日本歴史そのものを、深く沈め、風光の美しさからは想像もできないほど、激しいのろいやほろびを、含んでいる。

世界最初の原子爆弾は、内海の海面に、その巨大なキノコ雲を映したはず。ただならぬ気持になってくるのは、その明石海峡の向うの海が刻々に夕づいて灼けてくるからだ。一回転に何分かかるのか、時計を持たない私は、およそのことしかわからないが、気づかぬほどの、よき回転度なので、二十分近くかかるのだろう。一回転ごとにこの西海が、うすく茜《あかね》に染まってゆく。入り日は、どんなに見事なことだろう。

なぜ、私は実朝の歌に、胸をあつくしたのだろう。私にいま、ほのかにも見ていたい人があるというのだろうか。大いそぎで、いっしんに心のうちを探したしかめているのだが、すぐに思い当る面影はない。なんというぜいたくな思いなのか、たった一度しかあうことがなくて、どこの、だれともわからぬままだった人に、もいちどあえたらと願ってはいる。

それから、黙っていてもこちらの気持をはかって、そっといたわってくれる人びとのこと。かつて熱愛し、親密ないのちをわけた人、どんなにのぞんでも、会いようのない亡き人びと。そして、陰ながら大切に思っている、きれいな心情と勇気を持って生きている人びと。

そうだ。見ていたい人は、やはりいる。私が自分自身のいやしさを見ないですむのならば、永遠に生きていたいほど、見るすべを得たい人はたくさんいる。「私は何をも信じない。信じられるものなんて、世のなかにはない」という人のなかに、案外、自分だけはとことん信じ切っている信心深い人があるが、私はその言葉に共感して、その言葉通り、自分をも信じ切れないのだ。

そのため、うっかり「人間なんて」といってしまって、次の瞬間、あわてて首をすくめたことがあった。自分にはとてもできないことを、立派に実践しながら、淡々として生きている人が、実際にあるのだ。その人びとから、私は当然、軽蔑され、憎悪されていなくてはならない。その、骨を叩くようなさびしさは、好きな人に毛嫌いされるどころではない、深い深いさびしさである。

だが、そのさびしさは、尊敬できる人が存在するという満足の深さには、おおわれてしまう。

「不信の自分の判断で人を信じるなんて、不合理ではないか」と問いつめられるかもしれない。しかし、科学は、科学の力いっぱいに働かせたところで、科学以上のものを全部、判然と理解することはできない。だから、現在の科学以上のものの存在を認識し、その大きさにひれ伏すほかはない。それが、科学的な結論であろう。

自分を見て自分の限界を知るとき、いろいろな意味でその限界を越えている人びとに対して素直なあこがれと敬意を寄せる。ほのかに人を見るよしもがな、である。

そのくせ、向うに見られることはこわい。見られての反応で、こちらの心の、この上かきみだされるのがこわい。けれど、こちらからは、ときにさりげなく見るときを持ちたい……わがままである。

数年前、私がご挨拶にあがったときお留守だったが、追いかけるように、速達で手紙を下さった老紳士がある。

「残念、残念、あいたい人にはあわれず、あいたくないものにあわねばならぬ。これが人生だ」と。

ほんとうに、適当なときに、望む人を見ることのできる場合なんて、一生のうちに数えるほどもないのであろう。だからこそ、こうした瞬間の幸福感は、心からの喜びになるのだ。たがいに望んでいながら、みょうにくいちがってばかりいることもあり、偶然のくいちがいが、誤解のもとになることだって、少なくはない。

実朝はどういう女性の眉目を夢みて、このやさしい歌を詠んだのだろう。武家の身で、鎌倉住いで、あるいは京の公家のあえかな風情の女身《にょしん》を思ったのかもしれぬ。あるいは、散歩の道すがらに、ふとみた田舎娘の面影を忘れ兼ねたのかもしれぬ。いつの間にか胸にしみついた女人の存在に対して、思いのままに近づいてよいのか、あるいは、そのまま距離を保っていた方がよいのかと迷い、せめてそれとなく、かいま見ていたく思ったのかもしれない。

■茜雲のもとで

その、ほのかさを形容する須磨の漁火は、いまの須磨にはありえない。海はおびただしく往来する船の灯や、岸のネオンをうつすだろう。昔の人が突然見たら、気分を悪くするかもしれない人渦も、そろそろ家にひきあげてゆく時刻である。須磨観光ホテルのあたりからは、木の間をゆく船が、さすがに須磨浦らしい眺めに感じられる。

水族館で、目のさめるように鮮かなコバルトの身体をもった、コバルトスズメダイや、レモンを切って投げ入れたようなレモンハギにおどろく。こんなコバルトの身体をもって、海の青を泳ぐところを、考えただけでもきれいである。

いつか「海の底は静かなように思われているけれど、実際はどうして、いろんな音がきこえてきてやかましいくらいだ」という報告を読んだことがある。水の音だろうか、魚の声だろうか、海草のうごめきだろうか。地上の騒音と同じように、海中の騒音の中で泳ぎ暮している魚たちのことが、奇妙に親しく思われる。

放心してサメたちの泳ぐプールをのぞいていたら、横から網がはいってあっという間にシマアジを一尾、すくいとっていった。ピシャッと、なまぐさい水が頬にかかった。あのシマアジは何魚に食べられるのだろうと、急に心が重くなる。なにも、そんな場に居合わせないでもすむわけなのに、どうして私はまともに目撃し、その水をかぶらなくてはいけなかったのだろう。ひょっとすれば、魚のせかいにも、見るべきまぼろしがあるかもしれないと思って、たずねてきたというのに。見たくもないものを見なくてはならぬか。

浜は、いきいき荒れていた。

人びとのたのしみ、踏みあらした足あとが、夏なればこその砂のダイナミックな造型である。足あとはすきまもなく、びっしりとつまっていて、もう人影は、すこしまばらになってきていた。煮えつまった関東煮の鍋の前にも、店の人はいなかった。これから釣にでかける人たちをのせて、一艘の釣舟が渚にしいた木の枠の上を渡って、水の上にすべり出ていった。

久しぶりに、ボートを漕ぎ出す。海の体臭が、ややすがれている。すこし陸から離れると、もう空と、海としか感じなくなる。オールを深くひき入れて、波のそばに顔をもってゆく。ときどき、顔よりも波の秀《ほ》の方が高くなる。

私の、見たい人たちはいま、どうしていらっしゃるだろう。いつか声をかけたい気がしながら、つい気づかないふりをしてしまった人は、どこに住み、何を喜び、何を悲しむ人だったろう。

「どうしても好きで好きでたまらないのですが、相手はそれを知りません。相手は私より十歳も若い青年です」と手紙をもらったとき「好きなら好きといって、ぶつかったらいいじゃないの」と口まで出ながら、私はそれが言えなかった。

「二十歳の青年の未来を考えてあげて、できるだけ心をしずめるよう努力して下さい」と、しらじらしい返事をした。狂奔する感情を、できるだけ自分自身の内部で通過させてみる、とんでもない人を恋して、生きているのがつらくなるというようなことはあるだろうけれど、それをまともに通過して、やっと人に対するあわれも深まるのではないか、簡単に、衝動的にその思いを相手に打ち明けて、若い相手にしっかりした判断をさせるひまなく、自分にまきこむのはどうかしらなどと、えらそうにはいったものの、一方では、その直感のまま、衝動のまま動かなくて、一生、後悔しつづけることだってあるわと心のなかでつぶやいている。

いったん人を愛して、その人からも愛されたら、どこまでもその人を愛すること。惜しみなく激しく生一本に……とはいうものの、そんなふうに人を愛して、私はその人をかえって失ってしまった。愛に策略がいるとは思いもしなかった単純さに、みずからしっぺ返しをくわされた思いだ。

ことさらにみせびらかすこともなく見守って下さる好意は、なんと胸のふくれる、うれしいものであろうか。好意を持っていると気づかれたくもないような細心な無関心ぶりで、まじめに機敏に大切にして下さる人に対しては、こちらも相手の好意を好意と気づかぬような自然さで受け入れ、感謝するほかはない。そういう、人間としての親切のできる私でありたいが、私はいつもはげまされてばかりいる方なのだ。

いよいよ夕焼けである。

秋をよぶ壮麗な茜《あかね》が、さきほど明石海峡の西に染まりかけていた茜が須磨の西から大空を東へおよんできた。ずっと東の本山《もとやま》に住んでいたころ、夏はよく須磨の方をのぞんで、その灼けつくようにさわやかな夕茜を待ったものだった。その夕茜のただなかに、ひとりボートを漂わせるのは豪奢《ごうしゃ》の極み。

同じこの茜のなかで、なお休みなく働いている人、満員電車に吐息をつきながら帰途についている人、遠い異国で、うかがい知れぬ研究をつづけている人、それから……それから……それから。ひそかに、その人びとのありかたを思い、はるかにその安泰を祈らずにはいられない。

かがり火のようにもえたつ茜雲に、波もけんらんと赤い。いくら祈っても、あいたいものにはあいにくい現実。見るよしもないことを、よくわきまえていながらも、漁火ならぬ茜雲をみあげて思う。

ほのかに人を見るよしもがな。

心とむなと

…………………………『新古今和歌集』江口の君

■かりの宿り

昔は、このあたりまで、海であったようだ。難波江の入口ゆえに、江口とか。

今は神崎川が、淀川に合流するところで、海浜であったところの名残で、土地が砂まじりであるためか、なかなか、桜の若木がついてくれない……という老尼の嘆きであった。

江口の里と刻んだ碑をたてている普賢院寂光寺《ふけんいんじゃっこうじ》。洗った犬の毛をかわかしながら、日なたぼこをしていた老尼は、折からお留守の若いご住職と二人で、何度も何度も桜を移植してみたらしい。

ここを桜の名所にしようという努力はくりかえされたのに、やはり地質の関係からであろうか、次つぎと植えた牡丹桜はどれも枯れてしまったそうだ。

「かえって、堤の方へ移してあげた桜がよう育ちましたので、春、堤の花が咲きますと近所の方がお礼にこられます」

無一物《むいちもつ》中無尽蔵《むじんぞう》。

ひっそりした尼寺にそんな文字の壁掛がかかっている。本堂中央におまつりしてある像を、江口の君かと思ったら、日蓮さまだった。まるで尼僧のような日蓮像である。江口の君は秘してあり、春のお祭りのときにのみ、開扉《かいひ》されるのらしい。

西行法師が天王寺まいりの帰途、ふりいだした村雨を避けようとして、ある遊女宿に立ちよる。ところが、あるじの遊女がどういうわけか、こんなところで雨やどりされては困るからと追いたてた。西行は、

世の中をいとふまでこそかたからめかりの宿りを惜む君かな

と詠みかける。そんなにいやがらなくってもよいではないかというわけだが、それをきくと、遊女は笑って、

家を出づる人とし聞けばかりの宿に心とむなと思ふばかりぞ

ぴしゃっと筋の通った、きびしい返答だ。

法師だからこそ、遊女はことわったのかもしれないのに、それをじゃらじゃら甘えかかる西行に、小気味のいい遊女の返し。この対面は、まさしく遊女の気魄の方に軍配があがる。ところが、撰集抄のあとのくだりを読むと、そうではないからおかしくなる。

歌のやりとりで面白くなった遊女は、歌で「心とむな」とつき放しながら、実際には西行を内に入れてもてなす。西行も、ほんのしばしの村雨やどりのつもりだったのに、遊女の歌にひきつけられてその夜を泊ってしまう。

此主の女は今四十余りにもやなり侍らむ。みめことがらさもあでやかにやさしく侍りき

西行は美しもの好きの心に、美しく才たけた「いみじかりける遊女」への関心を強めないではいられなかったのだろう。その夜を、夜もすがら語り合い、彼女が遊女であるわざ

を悲しみ、後の世に心をかけて出家の願いをもちながら、尼になりかねているみぐるしさをかきくどくのに、いちいち深い心からの、涙ながらの返事をしていたのだ。

私は、西行を得て悩みを打ち明け、思い切って尼になった江口の君よりも、そのきびしい拒否の歌を詠んだ君に心ひかれる。

この寺はその江口の君といわれる遊女、平資盛《たいらのすけもり》の娘が平家没落の後、乳母をたのんで江口の里に身をよせていたが、次つぎと不幸が重なってついに遊女となったといわれている。その妙女《たえじょ》が元久《げんきゅう》二年（一二〇五年）、光相《こうそう》比丘尼として開創した寺とのこと。君堂《きみどう》とよばれて、思いだしたようにわずかな人びとの訪れるところになっている。

歌のゆかりによるお寺なのに、俳句界の人たちに愛されているらしく、句会がよくひらかれているようだ。一句投詠を受ける箱も、本堂の縁にもうけてある。謡曲にも長唄にもなっているので、謡の会もあるという。

遊女妙は結局、普賢菩薩のうまれかわりであったとか、化身であったとかいうファンタジックな連想で、白象の上にのっている遊女姿の江口の君を描いた掛額が、ずらりとなげしの上にかかっている。白象だけのものもある。美しい押絵の作品が、いちばん品があったが、それでももう五十年ばかり昔の奉納品になるという。

さすが尼寺らしく、読経の時に鳴らす鈴《りん》をのせた大きな鈴《りん》布団が、美しい小布で仕立ててあると思ったら、これも、奉納のものだった。人形をつくっている女性が、人形衣装のあまり布で丹念につぎ合わせてつくられた作品だそうである。何を祈願しての奉納であろうか、日蓮信仰というよりは、江口の君への女同士の親愛感が、そういうふうに細やかな風情を添えさせるのであろう。

■地獄の責苦にも似て

さすらい流れる川水にも似て、次つぎとちがった旅の男たちに、その、やわらかなはだを相手の好きなように任せて生きてゆかねばならなかった遊女たち。それは、非科学的な時代のこと、どんな病気をもった男に抱かれて、どんな破滅に直結するかもわからない悲劇を覚悟の、ひとかけの食べものを得、屋根ある家屋に眠るための、女の最後の手段である。

「売春防止法案なんて悪法のおかげで、男は殺気だってきましたな。赤線地帯廃止なんて、あんな人間の自然にさからうようなことをしたおかげで、犯罪はふえるし。今、赤線復活を公約して選挙にでたら、まちがいなく当選ですな」

と、気焔をあげる男性がいた。

「青少年の非行はやはり性的な問題からのものが多いのでね。やはり、ああいう地帯で、衛生検査を行き届かせた女たちを置いておくほうが、今の野放しよりもいいのではないでしょうか」

と、のたまう宗教家もある。

「それでは、そんなにこの世の浄化にとって大切な必要な役なのならば、あなたの奥さま、あなたのお嬢さんにその役をおさせになりますか。あなたの恋人、あなたの妹さん、あなたのあこがれの人に、その役をおさせになりますか……」

問い返すと「う」とばかり、お返事がない。

自分の愛する女たちは、どんなことがあっても、そんな目にあわせたくはないだろう。同じ女としての私は、べつだん、ひとり身のみを清しと尊ぶ、偏狭さはない。やはり、女は、心で愛されることを望んでいるけれど、その愛によって具体的に、からだを愛撫されることを、女としての深いよろこびとして味わう。その心身のよろこびを知らないことは、なんといってもさびしい。日本ではあまり通用していなかった考えだけれども、「男性に愛された女性」への尊敬は、世人がもっと認めてよい。

けれど、女は、あくまでも、自分の好きな相手に、そして愛の結果としてそうなるときに、いのちの醍醐味を感じるのである。一時に何人もの異性を愛することのできるのは、女性も同じだという理由で、同じ日に複数の異性を相手にすることも承知できる。しかし、どんな相手にでも、否応なく、そのことだけのために抱かれねばならぬのは、どんなにおそろしい苦痛であろうか。それを考えると、はだの粟だつ思いがする。

愛していてさえ、ともするとあさましくなりがちなことを、それはどんなにからだをいためさせ、心をすさませるものであろう。まだうら若い女人も、たちまちのうちに廃疾の身となり、自暴自棄な心になることが多かったのではないか。

女自身、興味本位で過せている間はまだ悲劇も浅いけれど、親方に、生きながら死ねよかしの扱いをうけて、まことの男の愛にも情にも、あわずに生命終った女たちの、数はこれまでに、はかりしれない……。

ほんとうの純な感動をいったん味わいえたものは、もう、めったな遊びで感覚をごまかすことはできない。濁り江ゆえに、かえって深い思慕の喜びを知りえた女性もあるではあろうが、いったん知りえたあとの濁り江は、地獄の責苦に似ていたろう。もし自分がそうなったとしたら、とても我慢できないと思うからこそ、私は公娼制を許すことはできない。自分だけはまぬがれて、だれか、ほかの女人ならその目にあうのをかまわない気にはなれないのだ。

しかし、現実として、この遊女稼業は、いまも呼び名こそかわれ、手つづきこそかわれ、存在しつづけている。自分の愛する女人ならば、いためてはならぬと必死の男たちも、そのひそかな女身を買い、安心して相手をもてあそぶのである。「昼顔」の若い人妻のように、夫を愛していながら、物質に不自由があるわけでもなくて、自分のからだをたのしませるために売る女性さえ案外に多い。

考えてみれば、老若さまざまの男たち、身分立場をとわぬ男たちの欲望にこたえて、その身体を与える女性は、まったくの不惜身命《ふしゃくしんみょう》、普賢菩薩《ふげんぼさつ》の化身だといっても、当然かもしれない。あわれと思うのはセンチメンタルな感懐で、自由な意志で、自主的になれることならば、とやかくいうべき筋合いではないのかもしれない。

だが、底しれぬ貧困のために、いやいやながら、生血をすするひも、暴力的なボスなどによって、そういうことが行われる現実は、どうしても辛い。許せない。乱交もいい。乱倫もいい。女自身の、ほんとうの欲望から、他者を傷つけない限りにおいて自分をたのしませるのならば。そこまでは折れるけれど、絶対に、公娼を美化する男性の言葉に共鳴するわけにはゆかない。それは、女性を性道具とする。

無知なままに、道具化される女性の多かった時代だからこそ、しっかりとした遊君《ゆうくん》が、インテリ階級の心にとまったのであろう。四十といえば、もういい年をしての遊君、妙に対して、まるで、上流の姫にむかうような賛辞を西行法師は書いている。ぴしゃりとやっつけられたのが、彼はとてもうれしかったのだ。

『退閑雑記《たいかんざっき》』後編に、

西行法師は、いと情欲のふかき人なりけめ。

という一節がある。誰だって妻子がいとおしいのは当然のことなのに、その情が苦しく煩いとなるというのは、情欲がふかいためだろうというのだ。

固《もと》よりかの浮屠《ふと》の道にまよひて、世を遁《のが》れ侍るを高致《こうち》とせしより出きにけん。もとどり切りてそこはかとなくありきわたりたるとて、何のたとき事もあらじ

と、なかなか手きびしい。

されど歌はすぐれたる人なりけめ

その歌の贈答のおもしろさは、機知あふるる社交性である。夜もすがら語り明かす感激は、一期一会《いちごいちえ》の法悦でもある。出家してもなお、魅力的な男性であったにちがいない西行をきき手に得て、江口の君はひとしお、いみじき女ぶりをみせたことであろう。美しく床しい女の、しかも、数え切れぬ男を知った女の「様《さま》をかへて」という願いは、男心をしびれさせよう。

ゆくりなく歌で拒否した西行を善知識として、このであいを機縁に、宿願を遂げようとする江口の君。決断はどうしても、男の人の助けをかりて踏み切らないと、独りでは、ついずるずると、のばしがちになってしまう。

■遊女のあわれ

若いすすきが河原にいちめんそよいでいる。白い芙蓉の花の咲いていた君堂《きみどう》をあとに、淀川の堤にでる。川水は案外すくない。秋の、明るい風が袖や裾をひるがえしてゆく。堤を約十分ばかり川下へ下って歩くと、江口の渡しがみえてきた。川向うは、大阪市電の守口停留所になるはず。もっと下ると長柄橋《ながらばし》になるのだが、この古い江口の渡しは、いまだに生きて動いている。

一日に、約千人もの行き帰りがあるらしい。江口は不便なところで、大阪駅前からでている江口橋行のバスより、交通がないのではないか。だから、舟で向う岸へ渡った方が、時間も早く着くというもの。けれど、それも、毎日のこととなれば、雨の日風の日、さぞ、たいへんな煩わしさだろうと思う。乗客がたまれば、すぐに折り返して発着しているようだ。

すぐの向う岸にもすすきがいっぱい。

もう一昔の前の秋、私は、長柄橋から守口あたりまで、毛馬《けま》の閘門《こうもん》をみながら散歩したことがある。銀いろの穂がうれしくて、少女のようにはしゃいで、走ったり、うで玉子を食べたりした。夏の、いきぐるしい暑さをぬけて、いまのさわやかなすすきの風。やがてまた、いきづまるような寒さがやってくるのだと、秋のめでたさに胸をふくらませる。

動きまわっているうちに草むらに、カメラのキャップをとばしてしまった。い合わせた少年が、いっしょに探してくれるけれども、さっぱりわからない。広い河原にひそんでしまった小さなキャップ。これまでの縁だったのかと、突然の別れをいとおしむ。

夏季は朝五時から晩八時まで、冬季は朝六時から晩八時までが運航時間。橋代りだから市が無料で動かせているのだ。殺風景な渡し場に、かえってのどかな秋の風情がある。こんなひろい河原をみると、都心の子どもたちの遊び場のないことが思われる。こんなところへつれてきて、しばらくのんびりさせてあげたい。

江口の里は、まったくなんということもなくて、ただ、雨どいに垂れた雨くさりが目にのこっているだけ。たよりないことに、撰集抄には「様かへてのちは江口にも住まず」と書いているので、この君堂のゆかりも、どこまでが真実やら、西行思慕の由来づくりやら、ちょっとわからない。

いずれにしても、出家をすることは、かりのこの世から、さらりと心を去ったわけだが、出家をしてみると、心はあとにのこり、いっそう、その浮き世のあわれは身にしみるものなのであろう。私も何事につけても「心とむな」と、わが心に言いきかせて、さらりさらさら、執着すまじと念じているつもりなのに、そう思えばそう思うほど、心のとまることがある。退閑雑記式にいえば、これは私の「煩悩いと深きがゆえなり」といえるかもしれない。

ひとくちにいってその煩悩は、幸福感を味わいたいという願いだ。生きている喜びを感じる瞬間がほしいということだ。それは、いったいどういう形のものなのか、それを知りたいということなのだ。それが、われながら混沌としてわからない。

■内なる顔は

ミンクの毛皮、ダイヤモンド。

勲章をほしがる人があるように、女性だと毛皮や宝石に熱中するのが自然なのらしい。けれど、私はそんな高価なものをほしいと思ったことがない。そのもの自体は美しいものだと思うけれど、それをほしいとは思わない。手に入れるすべがないせいもあるが、たとえそんなものが自由に得られたところで、私はちっとも幸福にならないことを自分でよく知っているからだ。

「なにかほしいものがありませんか」

と親切にきいて下さった方に、

「なんにもほしくないんです」

と、正直に答えて、

「それはいちばんぜいたくなことですよ。なんにもほしくないってのは」

と、慰められた。

生活に必要なものは、好きなものでととのえたいが、それ以上の飾りはいらない。しかし、ピカピカ飾りたてることの好きな、自分をすこしでもよく思われるように演出しがちな人間群像のなかで、純粋人間とでもいいたいようなきれいな人にあうと、うれしくなってしまう。

決して妥協をしないきびしさを、やわらかな思いやり深い態度とともに持っている人。親しみやすいが甘く慣れさせないひとりの宇宙を確立している人の、美しい風格に包まれるのは、物質によってあがなうことのできない幸福感といえる。

この間、京都の国立博物館で、京都西住寺《さいじゅうじ》蔵の宝誌和尚《ぼうしおしょう》像をはじめてみた。平安後期の木像で、等身大の立像である。あっと思ったのは、まるでピカソの人物画のように、顔が割れて中から、もひとつ顔が出ていたからだ。宝誌和尚というのは、梁武帝《りょうぶてい》の頃の人とか。顔を割って観音を現出したとの伝説があるらしい。胸のあたりに両手を集めていて、下はすぼんとしている。虫くいだらけで、中からあらわれている顔の方の眉間に、小観音のついていたようなあとがのこっている。

私たちは、自分の意志で選んだりつくったりした顔をもって、生まれてはこなかった。

だから、自分の好みに合っている顔が生まれながらに備わっている人は、仕合わせだと思う。しかし、いくらどう心に願っても、現実の顔を根本的にかえるわけにはゆかない。せめてせめて、その顔の下に、ほんとの自分自身の努力や希望によってつくりあげた、自分の顔を持っていたい。

そして、内部を見透して理解してくれる相手にめぐり会ったときは、たちまち表皮が割れて、正体があらわれるようになっていたい。そしてあらわす正体の顔の方が、表の顔よりもすぐれた顔であるような自分になっていたい……。

ところがどうしても、内部の顔は、思いもかけないむざんなものになりがちである。宝誌和尚は観音菩薩が正体であったし、江口の君は普賢菩薩が正体の顔であった。もっともらしい表皮をむしりとったとき、ま正面からたたき割ったとき、内からさらに、れいろうとかがやく魂の顔があらわれるような人にであったとしたら、私たちは、きっと幸福感をもつであろう。

西行が江口の里で、法師らしくもない有情《うじょう》を示したのも、その幸福感からであったのだと、ようやくにしてうなずけるのである。

行く人なしに

…………………………………………

『笈日記』松尾芭蕉

■秋冷え深く

ゆうべは今年の、後の月であった。

六甲山上で採集されたという、野草をひとたば、届けて下さったご夫婦をお送りして外にでると、月の光がとても明るい。冷えた夜気の感触か、月の輝きの反射か、空をみあげる面が、いりいり灼《や》きつけられるような気がした。

もう山の背は、紅葉が美しいことであろう。十センチにもみたない野生の紫りんどうも、葉はさび朱《しゅ》に染まっている。白いのじぎくは、りんどうよりもかえってひょろろと長くのびている。野生の草の、きつい匂いは、月の光と同じように、なかなか、きびしい。甘い気持ではとてもとりくめない、激しい風情だ。

いわゆる、仲秋名月の夜も、年によっては冷えが身にしむものなのに、後の月となるといよいよ秋冷えも深い。あるいは芭蕉は、冷えこみが過ぎたのではないかなどと、とんでもないところへ心が走る。元禄七年（一六九四年）、芭蕉にとって、ついの秋となったその秋は、どのような秋だったのであろう。かなしいとかさびしいとかいう言葉では表現しきれない、すごい陰影のにじみ出た句が多い。

此道や行人なしに穐《あき》の暮　（笈日記《おいにっき》）

それは無限につづく道である。

ゆけどもゆけども、自分以外に人の気配のない道か。あるいは、景色として眺めたあるひとつの道に人影がないのをいうのか、実景としても美しく、心象風景としてはいっそう見事である。多分に、すべてをつつむ紫の夕暮のなかに、細々とのびている小道を連想させられる。それは、たれの心のなかにも越しかたも行方もわからない、ひとすじの道として存在していることであろう。

清水寺というのは、京にひとつ、大阪にひとつ、播州にひとつ、あるのだと寺の老尼の話、大阪は夕陽ヶ丘の台地、四天王寺のま西にあたるところに、四天王寺の支院である清水寺をたずねる。大阪に清水寺のあることを知らない人は多いが、芭蕉はその新清水《しんきよみず》（真《ま》清水《しみず》ともいう）に遊んで半月ののち、その生命を閉じたのだ。

たいそう深く身体のおとろえ、いわば老いを意識していた翁は、いまから思うと、わずか五十一歳という壮年ざかりに、骨身をさらすすさまじい境地に、たっていた。新清水の舞台を慕って、探しまわってたずねあててはきたものの……私は、冷たいコンクリートづくりの舞台にため息をついた。

新しい材料と構想。新清水寺は思いがけない新建築になっていた。ご住職はおるすで、法衣の老尼が、線香をあげて「ようおまいり」と挨拶される。

十一面千手観音像がご本尊、四天王寺のできたとき、その寺域にはいっての、塔頭《たっちゅう》のひとつであったそうだ。だから千三百五十年昔からの古い歴史をもつわけだが、そんな歴史のあとは、いっさいみられない。みょうに歴史に甘えた気持でゆくと、その感傷の置き場に困る。

「芭蕉翁の句碑かなんかは？」

ときいても、清水寺と芭蕉との関連など知らないとけげんな顔。泥足《どろあし》たち一行十二人とは寺をはなれた茶屋で句会をしたのであろうが、吟行の場にこの舞台が使われたのは、まちがいないだろうけれど。

まだ、創立当初はこの崖の下まで、ひたひたの海波がただよってきていたかもしれない。その西の入り日を浄土としてあがめたのに、今はもう、見わたす限りの家並みで、通天閣がニョッキリ。曇り日なのか、スモッグがあるからか、海は全然見えない。この、モダン様式になったのは、五年ばかり以前なのだそうだ。数かずの崩壊にあったあげく、とうとう思い切って堅牢な現代風に建てかわったのだろう。芭蕉の指のなごり、てすりひとつ、のこされていない。

後髪のひかれない気楽さで、あっさりと去る。もうこの舞台から、いくら町を眺めても、道なんかすこしも見えないのだ。

浪速《なにわ》叢書に、

本堂の前の舞台より遠望、四季ともながめつきせじ山吹のさかりのころぶたいより見おろす風景あきれてものいはぬ色に迷ふある時大風吹長町のからかさを清水のぶたいまで吹上しを見つれ丸盆のごとし……。

京の清水寺の、壮麗な舞台に比較すると、この大阪清水寺の舞台は、いかにも大阪の気安さ。近所の老人の散策や、若い男女のであいの場に利用されている程度らしい。

■道の美しさ

この道は、どの道であろう。

私は、このごろ飛行機にのると、奇妙に胸いたむ思いをする。見おろすと、都市部にも田畑のなかにも、そして、高い山の上にも細く白い道が、延々とつづいている。地上で暮しているとき、私たちにはもう安心して歩くことのできる道はない状態だ。交通事故のおそろしい頻発率は、平和の名に背く人間虐殺の現実だ。

ここはたしかに道だと思って、また、そこを通らねばどこへも行けないのだからと思って、ずいぶん慎重に、わき目もふらずに歩いているつもりでも、安全地帯は危険地帯になり、歩道は車道になっている。だからわき目をふりながら、あっちへよろけ、こっちへよろけ、たとえ無人車が急坂をころげてこようと、機敏に身をかわせるように用意して歩いていないと、簡単にひきつぶされてしまう。安心して人の歩ける道は、どんどん失われつつある。

だのに、空からみると、美しく道がつづいている。細々とつづいている。どこまでも、愛らしく美しく、道は道としてそこにある。近代的な高速道路も銀ぴかの帯のようだし、峠を越える山道は、藁縄《わらなわ》のように素朴な道だ。この道の美しさが胸にしみる。

昔、たとえ、かごや馬を利用したにもせよ、そのおおかたは二本の脚にたよって歩いた人びとの道。

只一日の願ひ二のみこよひよき宿からん草鞋の我足によろしきをもとめんとはかりはいささかの思ひ也
（伊藤松宇校訂）

芳野《よしの》紀行に翁は、旅のうちのいちばんの望みを、足にあう草鞋《わらじ》よといっている。足もとのこしらえこそ、何よりの旅行の安心であろう。丹念な、親切な仕事をしてある草鞋、自分の足に調和する草鞋にであううれしさは、行き暮れたときに灯のともる宿につき、足を洗ってくつろぐ安堵とともに、かけがえのないものだったろう。

道はあったし、今もあるのだ。けれどいまは、道らしくととのっているところには、かえって道がなく、道らしい道もついていない山野に、ほんとに安らかな道がある。

私はこの春、当麻寺《たいまでら》に泊って、翌朝、草鞋をはき、片道五・八キロという山道を二上山《ふたかみやま》にのぼった。山は相当の急勾配で、あたりの木の株や、草の茎をつかみながらよじのぼったが、ほんとに楽しかった。大津皇子《おおつのみこ》の墓の周囲を一巡しただけで、またもどってきたが、さすが、坊につくと、草鞋は半分すり切れていた。四キロを一里とするならば、約三里を歩いたわけで、草鞋はすぐにすり切れてしまう。その草鞋に、親切な品を得ることができれば、どんなに豊かな思いでいられるか、よくわかる。土の道に草鞋は、ほんとに自然なのである。

いまの都心は、いろんな材質の舗装路。それも掘りかえしてのボコボコ道を、ハイヒールの歪みを気にしながら歩かねばならない。草履で歩いていてさえ、思わぬくぼみに足をとられてつまずく。ヒールをはさまれて困っている女性をみたり、足もとの不安定なために、とっさに身動きをあやまって事故にあった人をみたりする。道は、心の道でもあるけれど、まず、足を安定させ、からだの歩ける道でなくては困るのだ。

大阪のメインストリート御堂筋の銀杏は、やや、黄ばんだところ。夕方の御堂筋を「恋人ができたら一度いっしょに歩いてみたい」といっていた青年がいたが、はたして、このごろの排気ガス集中の、交通マヒで車の並んでいる御堂筋を、歩いて気持がいいものだろうか。都会の子は、そんなところにすでに現代の詩情を味わえるのかもしれないが、健康に良くないことはたしかである。

まだ、小学校にあがる以前の幼い私が、毎日のように鳩に豆をやりに遊びにきていた南《みなみ》御堂難波別院《みどうなんばべついん》は、これまた、目をみはるように立派な、近代建築になっている。山門が、五階建てのビル御堂会館である。幼い私の顔をかすめてスカートをひらひらさせていたのは、大谷高等女学校の少女たちだった。そのころはまだ、南御堂内に女学校があった。

私が入学したのは、北御堂津村別院内の相愛高等女学校のほうだったが、それも二年になると、すぐに微熱のために休学。ただ家の窓から二つの御堂の大屋根をよく眺めていたものだ。

あの、一九四五年（昭和二十年）の三月、わが家はもとより、このあたりが空に散華の焼夷弾で黄金紅蓮《こがねぐれん》の焔に包まれたとき、さすがに、両御堂の高い屋根は、火に狂い燃えながらも、あたりの民家の焼け落ちるなかを最後まで、よく稜線をもちこたえていたという。

あの、くうくうと豆をねだり、大きな屋根の裏にひそんで眠った両御堂の鳩たちは、どこまで逃げることができたか。おそらくはあちこちの空で、同時にふきあがった熱気にまきこまれ、ばたばた落ちていったであろう。空襲の混乱に乗じて、人しれぬ悪事や、殺害が、空襲の被害にまぎれて行われたこともあったときく。

■文字の芸術

此附近芭蕉翁終焉《しゅうえん》ノ地ト伝フ

このことばは、くどくどもったいをつけていないので、たいそう素直に心にひびく。難波別院前のグリーンベルトのなかに、その碑だけがたっている。芭蕉翁の魂に、無限の道への思慕を感じる人たちは、この碑に純粋のかなしみを覚えるだろう。きらびやかな演出は、翁をそこねる。一九三四年（昭和九年）の御堂筋拡張工事のため、花屋は、たちのきとなり、芭蕉翁遺跡顕彰会をつくった人びとの力で、この碑がたてられたのだそうだ。

この間まで、この碑のそばにあった、

旅に病てゆめは枯野をかけまはる
はせを

の句碑は、きれいにでき上がった難波別院の庭の西北隅にすえられている。

花屋なるものは真宗の門徒であって、文字通り花屋を家業として当別院へも絶えずお花を供給していた。

と立札にある。その花屋仁左衛門家の裏座敷を借りて養生をしたが、翁はとうとう旅先で、人生の旅そのものをも終ってしまった。

あわただしく暮れてゆく秋のゆうべの心細さ。いのちの灯の、みすみすかすれゆくのを意識して感じる人なつかしさ。しかし人間はついにどんな人でも、他の人といっしょに賑やかにゆくわけにはゆかない、死の峠道がある。

句碑のま北にある大阪商工会館の屋上から「死亡ゼロの日」のアドバルンが四、五流、空に浮かんでいる。紅白の可愛らしい気球にふとほころびかけた心が、イヤな文字でまたひきしまる。「死亡ゼロの日」とはまったく、なんておかしなことば。そうと決めた日以外の日は、いったいどうだというのか。

後の月をみたあと、やがて腸の具合を悪くして、十月の十二日というのに、そのいのちを消した芭蕉は、最後の最後まで俳諧の道を深める努力を尽していた。すこしでもよい作品をのこそうとして、推敲に推敲を重ねていた。瀕死の病床で、夢うつつのまぼろしの中で、とび上がるような悔恨や、恐怖を覚えるのは、意にそわない、どこかひっかかる自分の作品だったのであろう。表現し切ったつもりでいた言葉に、表現の至らなさをさとり、自分の思いちがいや、誤解をまねきやすい字句の使いかたに、はたの者のうかがい知ることのできないこわさを感じていたのだろう。

私は、この、自分の作品に対する底知れぬ恐怖こそ「行く人なしに秋の暮」の思いではないかという気がしてならない。

たった一字で、すっかりかわる意味や迫力。不完全な言葉で、表現せねばならない文字の芸術は、短詩俳諧ではつねにギリギリの燃焼をさせなくては冗漫になってしまう。価値を失う。作者の真実が、相手をうつ力をもつには、その作品に、とことん煮つめた誠実な努力がひそんでいる場合だ。たとえ、一気にうたいあげて、そのまま名句として定着しえていても、作者の心のなかでは何度もくりかえして反芻《はんすう》し、ちょっと変えようか、いや、やはり元のままの方がいいようだなどと、ひとりの対話をつづけているはずだ。

作品をうみいだせることは、心からのよろこびである。しかし、おそろしいのは、自分の正体がのこることだ。よい場合のみのこって、いけないものが消えるしかけになっているのならば、どんなにか楽であろうが、よかれあしかれ、いったん定着したものは、いつまでもそのままものをいう。

■孤の道を

芭蕉ほどの大家、人生の旅の達人でも、死という関門にさしかかって、いちばん深く心にかかったのが、自作品の内容であったのは、たいそうおそろしい。のこっている弟子たちは、芭蕉が亡くなったら俳諧はどうなるかなどと、あわて嘆いて、そのざんこくな質問を、弱り切った翁に投げかけているが、それこそ翁にとって、いたましい話。

翁の作品と、作品に対する姿勢、その生きかた、折々の言葉にふれていて、まだ最後にあらためて聞くべきことがのこっているとは。キリストの予言のように、芭蕉に予言をさせて、その方向への心用意をしようというわけ。ひとりひとりが自分の個に芭蕉をうけて成長させてゆくより、仕方のないことであろうに。

それはもはや、芭蕉でもなく、その人でもない、新しい独自のせかいでなくてはならない。ひとりひとりの道。俳諧に限らず、あらゆる創造者は、ひとりひとり、孤の道をすすむのが必然なのだ。

だが、よく「わが道尊し」。

「お花を好きな人に悪人はありませんよ」

とか、

「詩歌をつくる者は善良な魂なのです」

と、それぞれのうちこまれているジャンルにたずさわっている者をのみ、絶対の美、人間的に信頼のおける者だと、いいきる勇敢な人がある。こんなふうに、やみくもに信ずることは、はなはだ非芸術的であり不合理であると思う。

悪人であっても善いことをする場合があるし、善良な人でも、悪しき結果をおよぼすことだってある。悪人、善人と、簡単に人の人別をつけられるような単純な気持では、はたが迷惑だ。人間の内部に含まれている才能や性格や精神思考の可能性は、誰にもわかることではない。そしてすべてを自覚できることでもない。

芭蕉翁がどんなに偉大な魂の紀行を味わい、永遠性をもつ新鮮な作品をのこしたからといって、その後、俳諧にたずさわった人のすべてが、立派な人だというわけにゆかないのは自明の理だ。それもまた「行く人なしに」の現実である。

ひとつの文字もしるさず、ひとふでの絵も描かず、この世に、なんの痕跡ものこしてはいないけれども、たしかに立派な人間として生きた尊い人はたくさんあるはず。表現できる人が、表現できない人に対して、なにか思い上がることは危険だ。

私は自分が、つたない文章で、あやまりの数かずを書きのこしているあさましさに、チリ毛のたつ思いをすることがある。誰にも助けてもらえない自分自身の恐怖である。それでも表現しなくてはいられぬ業荷《ごう》を一生、ひとりでになってゆかねばならない。声をかけ合って、慰め合える、道づれをほしいというのは、わがままなのだろう。

「所思《しょし》」

新清水の茶屋で、この句に、思うところと名づけた翁の心の底は、ほんとのところわからない。ただ、翁亡きあと、いったいどれほどの数の人びとが、この句に、行く人なしのさびしさを教えられたことだろう。仲間のいないさびしさもある。そして、自分もみあたらない虚無がある。勇気の要る認識だ。

「生きていて下さいよ」

深い目でみつめて、しずかにそう人に言われると、その人のさびしさに打ちのめされる。

「生きていたくったって、死ななければなりませんもの。自分で死のうとは思いませんけれど、いつまで生きていられるのか……」

その理屈はわかりきっていて、いずれひとりの道をたどる者同士が「せめてすこしでも長く生きていて」「私よりは先にゆかないで」と祈りを託する。

愛は苦痛であり、あわれはしずけさである。人への愛も、道への愛も、自分への愛も、苦痛でないものはない。苦痛をともなわぬ愛には、覚悟がない。覚悟のない愛は、存在しないのにひとしいものかもしれない。死なければならないことはわかっているのに、死にたくないのは生命への愛であろうか。この世への未練であろうか、のこしゆく作品への恐怖であろうか。

土門拳氏は芭蕉の、

秋風や藪も畠も不破の関

の一句に迫る写真をとりたいといって、すごいファイトのシャッターを切りつづけていらっしゃる。

「その句にまで一生かかっても行きつきたい」

と、清らかな激しい仕事ぶりなのだ。その、不破の関をふきぬける風に叩かれたようで、なにか厳粛な思いがする。じっとしてはいられない、きびしい気になる。

しかし、やがて否応もなく「行く人なし」の道を歩き終ったとき、しずけさが自他を領するだろう。月に灼かれる頬の冷たさも意識できない、ふしぎなあわれがはじまっていよう。

旧版あとがき

「随筆のようで紀行のようで、評論のようで懺悔《ざんげ》のようで、あるいはまたレポートのようで」とか「美学なのか、哲学なのか、宗教なのか、それとも思想の書なのか」などと、おたよりをいただくことがある。深い読みかたをして下さって、とありがたく思う。いったいどう表現すればよいのか……とにかく、私には私の書いた原稿であるということしかわからない。

これは一九六三年度に『芸術新潮』に連載された「かなしむ言葉」の集録である。かなし、という言葉には、いとおしむ、めでる、あわれがる、愛する、感心する、さびしむ、悲しむ、憤る、といった、さまざまのせつない心情が含まれているはず。このように蔭ふかいタイトルを示されて、そのなかで何がどのようにつかまえられるのだろうと、いつも自分に問いかける思いであった。

引用句は、すべて立派な先人の作品。その美しい意味を自分勝手なものに仕立て直す不遜をあえてして、私は私の、いまをかなしむ言葉とした。一冊の書名としては、まだしも集中の一項目「風さわぐ」の方がわかりやすいという出版部の意向で「かなしむ言葉」はサブタイトルにまわった。けれど「かなし」の心が主流である。

一九六四年三月

岡部伊都《いつ》子

追ってがき

あとがきに、言わねばならぬことは全部書いていまして、とても四十年以上も経っているとは思えないのですが、この「かなしむ言葉」の「かなし」には、原点としての人間感情の深淵さがみられます。

恋とか愛とか、家族とか、その中をめまぐるしく動きまわっている私は、まだ戦争時代の余波に、「と胸《むね》を衝《つ》かれて」いるようです。たとえば、小倉百人一首と愛国百人一首のこと。

あれはまだ戦争中のことでしたが、私が肺結核で入院していた高師浜《たかしのはま》療院での三カ月の記憶を思いだします。隣室で安静にしておられた若人の親友が、若人を見舞にくるたびにそのお母さまといっしょに私を見舞って下さっていたのでしたが。

戦争によってろくに食物さえ無かった時代、病気になったり、恋をあきらめたり、自殺や、心中を願ったり、真摯な若人がおられました。

あの病臥、安静中に読んだ書物のお力で、テーマのいろいろが思い出され、並べられてきて賑やかな思いの淵。

このところ、若者たちに適当な働き口を与える社会であるように努力する集団が、作られ続けているようです。「自分のしたいこと」「自分にできること」「自分を育てること」が、それぞれの個の宿題でしょう。

「いったい、自分は何者なのか」と『竹取物語』の「なよ竹の赫映姫《かぐやひめ》」は、自分の正体を問うたでしょうか。

人間が創りだした赫映の夢。美しい竹藪をたずねた時の明かるさ、青竹の美しさは、人の世、かくあれかしと思う清々しさでした。

まだ青竹藪が残っていると、今年も十二月朔日《ついたち》、「乙子朔日《おとごづいたち》おめでとうございます」と、青竹で作った酒器《しゅき》を下さって、末っ子の私をいたわって下さる方があります。もうこんな年になっているのに、まだ乙子（末っ子）だなんて。

末っ子は、父母とは上の兄姉より幼なく別れることになってしまうので、大阪では乙子月（十二月）の朔日に末っ子をいたわるんです。もったいない頂きもの。

その青竹酒器にお酒を入れて、来られた客人方と、年の暮れの乾盃をいたします。暮れこそ新春への道、つぎつぎと出発なのですから。盃ももちろん細い青竹の盃です。

昔も今も、天変地異に人の暮しは次の瞬間がわからない。だから日常生活のなかで、取材の道中で、思いがけない状態になったり、昔を思いだしたりして、それも、生きているからこその、そのときになるんです。

大阪の御堂筋に、芭蕉の句碑があるのを見つけた私は、最後の最後まで旅して歩いた芭蕉翁のあわれ真実を偲んで、ひとり歩いていました。ひとり旅の俳聖。ひとり歩くのは、この世も、あの世への道も哲学の路でしょう。

ありがとうございました。

この作品選「美と巡礼」は、全五巻とも、ご一緒に紀行したことのあるカメラマン井上隆雄氏が、私の着物やら帯やらを撮って下さったお写真で、装幀がされました。

又、あらたな喜びです。

四十年以上も前の本を、今回、復刊して下さった藤原書店の藤原良雄社長様、何度も編集、校正をして下さった高林寛子様、うれしくありがたく厚く御礼申し上げます。

読者の皆様、これからもよろしく若さに舞うて下さいませ。

二〇〇四年十二月

岡部伊都子

［解説］少女性の放胆

水原紫苑

岡部伊都子の文章を初めて読んだのは、少女の頃だった。母が何かのプレゼントに、『秋雨前線』を買い与えてくれたのだった。しかし、私にはその意味するところがさっぱりわからなかった。幼なすぎた。

今、中年になって、『かなしむ言葉』を読んで、驚いた。こんなに激しい人だったのかと思った。

「私など、いわゆる本妻の子らの方が、根性も弱く、ずるく、いやしい。可哀そうに、同じ男性を父にしていながら、私たちだけが大っぴらに父とよんでいたのである。けれど、父の愛情、ふびんは『本妻の子は恵まれている』といって、日陰の子らへそそがれていた。それが私たちを刺していた。」

（「うねびををしと」）

『万葉集』の三山の愛をうたった大らかな天智天皇の歌から展開される言葉がこれである。「根性も弱く、ずるく、いやしい」と言い切れる心の闇の深さに打たれる。ここまで自分を見切れる強さは何だろう。

だが、それにしても、耳成山、香具山、畝傍山の神話的な三角関係から、灼けつくように深刻な愛憎の世界を引き出して来る情念には何か暴力的なものがある。

古典からこの生々しさを受け取る感性は、あるいはもっと他のジャンルに向かうべきものなのかも知れない、と思った。

しかし、自身、あとがきで、「『随筆のようで紀行のようで、評論のようで懺悔《ざんげ》のようで、あるいはまたレポートのようで』とか『美学なのか、哲学なのか、宗教なのか、それとも思想の書なのか』などと、おたよりをいただくことがある。深い読みかたをして下さって、とありがたく思う。いったいどう表現すればよいのか……とにかく、私には私の書いた原稿であるということしかわからない」と語っている。

こうした、ジャンルの境界を意識しない、いわばわがままな自由さは、著者の永遠の少女性とでも呼ぶべきものに起因するのではないだろうか。

永遠の少女性と言うほど、私は著者の歩んで来た歴史を知らないのだが、印象的だったのは次のエピソードである。

「(略)私は、幼いときの中耳炎がもとで、海水浴を禁じられている。だから、泳ぐたのしみを知らない。

しかし、泳げない女としては、海をおそれないところがある。少女のころからわりにボートを漕ぐのが好きで、五、六人乗りの大型ボートに人をのせて、ひとりで漕ぎでた思い出もある。ずんずん沖に出て、浜をふりかえった同乗者たちが『大丈夫？』と心細がった。

そのうちに海面の水色がかわった。みんなの顔いろもかわった。みんなは泳げて、だから水泳着をきているのだし、私は藍の浴衣である。あまりやいやい言われるので、また岸に漕ぎ戻ったが、結局、泳げない私が、いちばんこわがらないという結果になった。ふだんから、死というものを身近く考えていたせいもあろうし、また、海を知らないから、こわさが感じられなかったのでもあろう。」（「見るよしもがな」）

「泳げない女としては、海をおそれないところがある」にまず驚いた。私も泳げないが、それゆえ海は恐怖の対象である。まして、泳げない身で人をのせて海にボートを漕ぎだすなど思いもよらない。上手な人の漕いでくれるボートでさえしりごみしてしまう私である。ところが、著者は全くちがう。しかも、海を知らない身にふさわしく、藍の浴衣のままで、ずんずん行ってしまう。海面の水色がかわり、みんなの顔いろが変わるところまで、ずんずん行ってしまう。

大人は泳げて海のおそろしさを知っているが、泳げない少女は海をおそれず、水の色が変わるのを何とも思わないのだ。いざとなれば藍の浴衣のままで海に抱かれればそれでいい、と感じているにちがいない。

この少女性は無敵である。海さえ、彼女のボートを無事に岸に帰してくれたのだ。もちろん、いくら自分がこわくなくとも他人の命をあずかりながら、ずんずん沖へ漕ぎだすのは無責任だという見方もできるだろう。他人が自分と同じように死と馴れ親しんでいるかどうかはわからないのだ。それをあえてやってしまうところに、岡部伊都子の無手勝流の不逞な少女性が現われている。

先ほども述べたように、海をおそれる臆病者の私としては、そのような著者の自由さに、憧れと反発をこもごもに感じる。

美学なのか哲学なのか、随筆か紀行か、ジャンルを問わない感覚についても同じだ。これもまた私が、最古の詩形式である短歌をつたないながら作る者であり、いやおうなく形に呪縛されているせいでもあろう。

それだけに、著者の発する言葉の端々にははっとさせられることばかりだ。

「清盛は子をたすけるためにと身をなげだした常磐《ときわ》をも賞で、すこしでも気になった女性はみんな味わっているようである。五十歳ほどで病気快癒の願いからとはいえ、あっさりと出家入道したが、きっと、頭の鉢の形に自信のある男だったのであろう。男性は容貌などにわずらわされるものではないと思うのは女の推測で、男子の、自分の顔かたちに対する気の遣いようは、ひとかたならぬものがある。

『学生時代、軍隊時代、もし髪を長くのばしてもいい生活だったら、どんなに要らない劣等感から解放されていたかわからない』といわれてみると、案外に、頭の形や、地肌のぐあいや、いぼ、ほくろなどの存在で、丸坊主を苦にしていた男性が多いようだ。兄たち従兄弟たちも、絶壁や大きさをからかい合って、そばにいる女の子の私を、きくにしのびないさびしさにつきおとしたことがある。

また、もし美しくととのった頭の鉢をもっていたら、私自身、小娘のころに尼になっていたかもしれなかった。だが、どれだけ幸福な人の人生にはついてゆけない自分を感じていても、すっぱりと髪をおろした頭の形が、人に滑稽感を与えるようでは困る。わがままも、そこまでゆけばいいところだと笑われたが、鉢の形が気になって、ついに髪をおろすことはできなかった。

浄海入道は、出家の功徳たちまちあらわれて宿病はいえ『平家にあらずば人にあらず』の時代を招来した。私はその成果は彼の人となりや知恵、胆力など、個人的な魅力や努力もさりながら、頭の鉢の形が立派だったのが幸いしたと思う。彼の場合は、みょうに髪でごまかして美しさをだすよりも、剃髪した方がずっと大器を感じさせるすばらしい頭だったのにちがいない。」(「萌出るも」)

この件りには仰天した。たしかに、こうした放胆な見方が実は歴史の本質を衝いているのかも知れないが、清盛の成功が頭の鉢の形によるものだったとは、他に書ける人はいないだろう。

そして、周囲の男たちが頭の形を気にすることで「きくにしのびないさびしさ」につきおとされた著者は、また、自身が頭の形ゆえに髪をおろすことができなかったと語って、「きくにしのびない」わけではないが、ある不思議なさびしさに私たちをつきおとす。人間はそこまで表層のおのれを離れられないものなのか、いやそれこそが真実かも知れないと思いながら、もう少し茫漠と夢を見ていたい自分がいるのである。

この一節を読んだ時の衝撃は、「私など、いわゆる本妻の子らの方が、根性も弱く、ずるく、いやしい」という一行に出会った時に匹敵する。

海をおそれない、泳げない少女であるがゆえに、私たちを伴って、ずんずん沖に出て、水の色が変わり、私たちの顔色が変わるのをものともしない、著者の面目躍如といえよう。しかし、「萌出るも」は、『平家物語』の清盛と祇王、祇女、仏との物語を扱ったものであり、たおやかな祇王寺の描写に始まって、この展開になるのである。

著者にとって古典とは、おのれの生血を絞って読者に差し出すためのジューサーのようなものではないかという気がして慄然とする。古典はたしかに、生きた人間の血汐から成るものだが、著者が与えてくれるのは、あまりにも生々しい現代の血汐なのだ。

ならば、古典の枠を離れて、おのれのみを語ったらどうなるのだろう、という問いが浮かんで来る。

たとえば、小説の形でこの生血を織りなしていったらどうなるだろうかと。

ここで冒頭に述べたジャンルの無境界性の問題に戻るのだが、やはり小説というような構築的なジャンルは、生血の熱さをそのままで生かすことはできないであろう。

小説ならば、ボートを漕ぐ泳げない少女ひとりでなく、水泳着を着てこわごわ乗っている他の泳げる人々の視点も必要になって来る。それを導入した時、著者の少女性の無敵な自由さは保たれないだろう。

随筆とも紀行とも、美学なのか哲学なのか、名づけようのない、ただ「文」と呼ぶべきもののおそろしい自由、少女性の放胆の中に、岡部伊都子の世界があると思う。

＊『風さわぐ』（新潮社）を、「岡部伊都子作品選・美と巡礼」に収録するにあたり、左記のような編集をほどこした。
・当初の書名『風さわぐ』を、『かなしむ言葉』に改題した。
・目次において、章名となっている各引用句の出典をそれぞれ示した。
・活字を大きくし、小見出しを入れて、読みやすくした。
・ルビを増やし、読みやすくした。
・口絵、および解説を収録した。
（藤原書店編集部）

著者紹介

岡部 伊都子（おかべ・いつこ）

1923年大阪に生まれる。随筆家。相愛高等女学校を病気のため中途退学。1954年より執筆活動に入り、1956年に『おむすびの味』（創元社）を刊行。美術、伝統、自然、歴史などにこまやかな視線を注ぐと同時に、戦争、沖縄、差別、環境問題などに鋭く言及する。
著書に『岡部伊都子集』（全5巻、1996年、岩波書店）『思いこもる品々』（2000年）『京色のなかで』（2001年）『弱いから折れないのさ』（2001年）『賀茂川日記』（2002年）『朝鮮母像』（2004年、以上藤原書店）他多数。

〈岡部伊都子作品選・美と巡礼〉2 （全5巻）

かなしむ言葉《ことば》

2005年2月28日　初版第1刷発行©

著　者　岡部　伊都子
発行者　藤　原　良　雄
発行所　株式会社　藤原書店

〒162-0041　東京都新宿区早稲田鶴巻町523
TEL　03（5272）0301
FAX　03（5272）0450
振替　00160-4-17013

印刷・中央精版印刷　製本・河上製本

落丁本・乱丁本はお取り替えします
定価はカバーに表示してあります

Printed in Japan
ISBN4-89434-436-X

ともに歩んできた品への慈しみ

思いこもる品々

岡部伊都子

「どんどん戦争が悪化して、美しいものが何も彼も泥いろに変えられていった時、彼との婚約を美しい朱札で記念したかったのでしょう」(岡部伊都子)。父の優しさに触れた「鋏」、仕事に欠かせない「くずかご」、冬の温もり「火鉢」……等々、身の廻りの品を一つ一つ魂をこめて語る。[口絵]カラー・モノクロ写真/イラスト九〇枚収録。

Ａ５変上製　一九二頁　**二九四〇円**
(二〇〇〇年一二月刊)
◇4-89434-210-3

微妙な色のあわいに届く視線

京色のなかで

岡部伊都子

〃微妙の、寂寥の、静けさの色とでも申しましょうか。この「色といえるのかどうか」とおぼつかないほどの抑えた色こそ、まさに「京色」なんです〃……微妙な色のあわいに目が届き、みごとに書きわけることのできる数少ない文章家の、四季の着物、食べ物、寺院、み仏、書物などにふれた珠玉の文章を収める。

四六上製　二四〇頁　**一八九〇円**
(二〇〇一年三月刊)
◇4-89434-226-X

弱者の目線で

弱いから折れないのさ

岡部伊都子

「女として見下されてきた私は、男を見下す不幸からも解放されたい。人権として、自由として、個の存在を大切にしたい」(岡部伊都子)。四〇年近くハンセン病の患者を支援してきた岡部伊都子が真の「人間性の解放」を弱者の目線で訴える。

題字・題詞・画＝星野富弘
四六上製　二五六頁　**二五二〇円**
(二〇〇一年七月刊)
◇4-89434-243-X

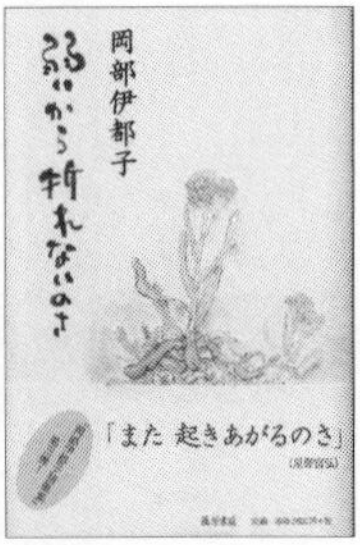

賀茂川の辺から世界に発信

賀茂川日記

岡部伊都子

「人間は、誰しも自分に感動を与えられる瞬間を求めて、いのちを味わわせてもらっているような気がいたします」(岡部伊都子)。京都・賀茂川の辺から、筑豊炭坑の強制労働、婚約者の戦死した沖縄……を想い綴られた連載「賀茂川日記」の他、「こころに響く」十二の文章への思いを綴る連載を収録。

Ａ５変上製　二三二頁　**二一〇〇円**
(二〇〇二年一月刊)
◇4-89434-268-5

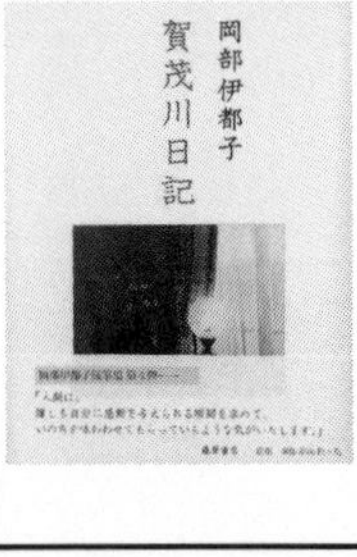